风月同天

日本人眼中最美中国古诗100首

日本人の最も好きな漢詩100首

主编 〔日〕佐藤利行 李均洋 荣喜朝

人民文学出版社

图书在版编目(CIP)数据

风月同天:日本人眼中最美中国古诗100首/李均洋,(日)佐藤利行,荣喜朝主编.—北京:人民文学出版社,2020
ISBN 978-7-02-016358-8

Ⅰ.①风… Ⅱ.①李…②佐…③荣… Ⅲ.①古典诗歌—诗集—中国 Ⅳ.① I222

中国版本图书馆CIP数据核字(2020)第081565号

责任编辑	付如初　欧阳婧怡
装帧设计	陶　雷
责任校对	李晓静
责任印制	苏文强

出版发行	人民文学出版社
社　　址	北京市朝内大街166号
邮政编码	100705
网　　址	http://www.rw-cn.com
印　　刷	三河市鑫金马印装有限公司
经　　销	全国新华书店等
字　　数	76千字
开　　本	880毫米×1230毫米　1/32
印　　张	7.75　插页2
版　　次	2020年8月北京第1版
印　　次	2020年8月第1次印刷
书　　号	978-7-02-016358-8
定　　价	39.00元

如有印装质量问题,请与本社图书销售中心调换。电话:010-65233595

序　言

新冠肺炎疫情突发，一衣带水的东邻日本捐赠给湖北的物资上面写着："岂曰无衣，与子同裳！"又有一批物资上写着："山川异域，风月同天。"我们在感受到了日本人民心系疫情，助力中国人民战胜疾病的深情的同时，更感受到了这些诗句的爱和美的智慧之光。

中国和日本的文化影响和交流，可以说是以诗为纽带的。日本江户时代的学者江村北海（1713—1788）所著《日本诗史》（明和庚寅年即1772年刊）中称，日本自"天智天皇登极，而后鸾凤扬音，圭璧发彩，艺文始足商榷云"。江村北海所说的"艺文"与《论语·先进》篇中的"文学"是一个概念，不同于近代以来自西方流入的"文艺"或"文学"概念。其最根本的区别在于，前者属于学问和道德的范畴，如日本第一部汉诗集《怀风藻》（天平胜宝三年，即751年成书）所言："调风化俗，莫尚于文。润德光身，孰先于学。"

《怀风藻·序》写道："橿原建邦之时，天造草创，人文未作……王仁始导蒙于轻岛,辰尔终敷教于译田,遂使俗渐洙泗之风,人趋齐鲁之学。逮乎圣德太子,设爵分官,肇制礼义,然而专崇释教,未遑篇章。及至淡海先帝之受命也,恢开帝业,弘阐皇猷,道格乾坤,功光宇宙。既而以为,调风化俗,莫尚于文,润德光身,孰先于学。爰则建庠序,征茂才,定五礼,兴百度,宪章法则,规模弘远,敻古以来,未之有也。于是三阶平焕,四海殷昌,旒纩无为,岩廊多暇。旋招文学之士,时开置醴之游。当此之际,宸翰垂文,贤臣献颂,雕章丽笔,非唯百篇。但时经乱离,悉从煨烬。言念湮灭,轸悼伤怀。自兹以降,词人间出……远自淡海,云暨平都,凡一百二十篇,勒成一卷……"①

这段序言可视为自传说中的"橿原(位于今奈良县)建邦",即古代国家的创立至《怀风藻》编讫的751年间日本列岛的人文历史。其中的"王仁始导蒙于轻岛",是指《宋书·倭国传》所记载的"倭王讚"(约5世纪前期)时期,朝鲜半岛百济国的知识人王仁带来了《论语》《千字文》等书籍。从此,日本列岛从蒙昧步入了文字文明社会。也就是说,汉字成为日本列岛记事交流、文化教育的唯一文字②。日本史

---

① 江口孝夫:《怀风藻》,东京:讲谈社,2000年,第24—33页。
② 1968年埼玉县行田市稻荷山古坟出土的铁剑上有"辛亥年(471)七月"等115字铭文,铭记着日本列岛"获加多支卤大王"等人名及相关事项。参见小林芳规:《图说日本的汉字》,东京:大修馆书店,1998年,第21页。

学家认为:"联系稻荷山铁剑铭文上'辛亥年'(471)等115文字,《古事记》《日本书纪》这些天皇家历史和正式编纂时最原始的'原帝纪''原旧辞'史料,471年115文字等当是相当于钦明朝(实际不存在的天皇名字,是奈良朝的史官们杜撰的)前后的史料。朝鲜半岛的新罗国于545年前后着手编撰国史,日本列岛的倭国大约也在这一时期前后,着手历史书的编纂。这表明这一时期日本列岛王权国家意识的形成。"①这也是日本著名史学家、原京都大学教授上田正昭所指出的"汉字同日本民族的形成和国家的成立、发展有着密切的联系"的历史依据。从此,在日本列岛"倭"(和)民族和"倭"(和)国家意识下,思想文化上如《怀风藻·序》所言,"俗渐洙泗之风,人趋齐鲁之学",即日本列岛"倭"(和)民族推广孔子儒家的学风,普遍学习孔子儒家的学问。

《怀风藻·序》中写道:"余撰此文意者,为将不忘先哲遗风,故以怀风名之云尔。"②《怀风藻》开篇首位诗人为"淡海朝大友皇子",这位大友皇子在《怀风藻》诗集编成1119年后的明治3年(1870),被日本明治政府追谥为"弘文天皇"。

日本明治政府何以同《怀风藻》诗集的编者一样,"不忘先哲遗风"呢?对照一下明治23年(1890)10月30日日本政府颁布的《教育敕语》就会明了。

---

① 和田萃:《大系日本历史(2)古坟时代》,东京:小学馆,1988年,第295页。
② 江口孝夫:《怀风藻》,东京:讲谈社,2000年第33页。

朕惟我皇祖皇宗肇国宏远,树德深厚。我臣民克忠克孝,亿兆一心,世世济厥美,此我国体之精华,教育之渊源,亦实存此。尔臣民孝父母,友兄弟,夫妇相和,博爱及众,修学习业,以启发智能,成就德器,进而广公益,开世务。常重国宪,遵国法……是如不独成朕忠良之臣民,又足以显彰尔祖先之遗风……①

原来《怀风藻》中的"调风化俗,莫尚于文"的儒家教养主义诗学观和文学观,如《教育敕语》所申明的那样一直贯穿在日本文化和教育的传统之中。这一传统的第一要素,就是民族认同意识,即爱国主义精神。

天智天皇(626—671)"爰则建庠序,征茂才,定五礼,兴百度……旋招文学之士,时开置醴之游"(《怀风藻·序》)。日本正是在这一系列教育、文化及人才队伍等皆具备的条件之上,才有了以《怀风藻》汉诗集为代表的诗文化的兴盛。

日本"上世纪如从唐家政而取士"(市河宽斋《日本诗纪凡例》,《日本诗纪》为日本江户时代三大诗选集之一),这一制度始于日本飞鸟时代(592—710)。具体而言,国家秀才进士科考试,有明经科、文章科和明法科,《大宝律令》(大宝

---

① 明治神宫编:《明治天皇诏敕谨解》,东京:讲谈社,1973年,第868—869页。

元年,即701年制定颁布,律六卷,全十一卷,直到天平宝字元年,即757年《养老律令》颁布,一直是飞鸟、奈良时代国家的基本法典)规定,文章科的教材为《文选》《尔雅》。天平宝字二年(758)淳仁天皇即位仪式,其中一项为授予年龄25岁以上的大学生、医针生、历算生、天文生和阴阳生位(即散官)一阶,赐予明经、文章、明法、音、算、医针、阴阳、天文、历算学生共57人每人丝十绚,文人善诗者再加赐十绚。

在前代律令的基础上,更加完善且集大成式的平安时代中期(967)施行的《延喜式》卷二十"大学寮"律令中规定:"凡应讲说者:礼记、左传各限七百七十日。周礼、礼仪、毛诗、律,各四百八十日。周易三百一十日。尚书、论语,令各二百日。孝经六十日。三史、文选各准大经。公羊、谷梁、孙子、五曹、九章、六章、缀术各准小经。三开、重差、周髀、海岛、九司,亦共准小经。"日本的大学寮草创于天智天皇时期,这一培养中央官吏的最高学府,在日本的教育和文化史上具有举足轻重的地位。就官学教科书而言,把《毛诗》和《律》同《周礼》《仪礼》归为大经类,把《三史》(《史记》《汉书》和《后汉书》)和《文选》归为准大经类,这充分证明了飞鸟时代到平安时代(794—1185)末,在日本的大学寮教育中,文史哲是一体不可分的,即用"文学"或江户时代所称的"艺文"而称之。

正是在这一传统教育和文化背景下,日本近现代教育依然把诗教放在重要的位置。现在的日本小学国语教科书中有李白《静夜思》、杜甫《绝句》("江碧鸟逾白")、孟浩然《春晓》、苏轼《春夜》、高启《寻胡隐君》等。初中国语教科书中有李白《黄鹤楼送孟浩然之广陵》、杜甫《春望》、王维《送元二使安西》等。高中国语教材中有李白《早发白帝城》《赠汪伦》《山中问答》《峨眉山月歌》《送友人》《子夜吴歌》、杜甫《旅夜书怀》《春夜喜雨》《登岳阳楼》《月夜》《登高》、王维《杂诗》《竹里馆》、王之涣《登鹳雀楼》、耿沣《秋日》、韦应物《秋夜寄丘员外》、柳宗元《江雪》、刘禹锡《秋风引》、于武陵《劝酒》、王翰《凉州词》、高适《除夜作》、张继《枫桥夜泊》、杜牧《江南春》《赠别》《山行》、高骈《山亭夏日》、白居易《长恨歌》《香炉峰下新卜山居,草堂初成,偶题东壁》《八月十五日夜,禁中独直,对月忆元九》、李商隐《登乐游原》等诗人的著名诗作。

这里要特别言明的是,中日传统的诗教文化与近代以来西方文化中的隶属于"文学"或"文艺"的"诗歌"概念不同,而是具有"调风化俗,莫尚于文。润德光身,孰先于学"(《怀风藻》)的教育立身先导作用的韵文体文本。这一源于中国,泽被于日本的诗教文化,其核心属于哲学的范畴,即"古希腊哲学"这一词汇所定义的对智慧的爱。

中国诗歌和受中国诗歌文化影响而产生的日本汉诗,闪烁着智慧之爱,"调风化俗""润德光身",让人们在音乐般的诗韵律动中,滋润哲理和人类之爱,使人们升华心灵,相亲相扶,共铸安泰和谐。

这本诗选就是本着这一主旨，选取了56部日本小学、初中、高中国语教科书中的100首中国古诗。

　需要说明的是，日本国语教科书中收录的这些中国古诗，由于文化传播的影响，所依据的版本与我们国内常见的有所不同，有些字词也不尽相同，读者朋友权可作为日本版中国诗歌来享受。本书所选诗歌的出处皆标在每首诗后面的括号中，例如《唐诗选》《三体诗》《唐诗三百首》《古文真宝》等。另外，由于本书是为读者朋友们介绍中国古诗在日本的传播情况，因此无意进行详细的版本校勘。当本书收录的诗歌在字词上与国内常见的版本差别明显时，则依据《全唐诗》《唐诗三百首》《文苑英华》等以"编者注"的形式进行必要的说明。此外，为了让读者朋友们能够感受到日本人对中国古诗的理解，本书在做注释时尽可能保留日本国语教科书中的注解，非日版注解则以"编者注"的形式体现。除此之外，由于有的诗歌在日本不同的教科书中依据的版本不同，个别字词会互有出入，编者在注释中专门有说明。

李均洋

志于庚子年早春吉日

目录

特别推荐篇

003　绣袈裟衣缘 / 长屋

第一辑　五言绝句

007　易水送别 / 骆宾王
008　登鹳鹊楼 / 王之涣
010　春晓 / 孟浩然
012　宿建德江 / 孟浩然
013　竹里馆 / 王维
015　鹿柴 / 王维
017　杂诗 / 王维
018　独坐敬亭山 / 李白
019　静夜思 / 李白
021　秋浦歌 / 李白
023　绝句 / 杜甫

025 秋夜寄丘员外 / 韦应物

027 秋日 / 耿沣

028 江雪 / 柳宗元

030 秋风引 / 刘禹锡

032 登乐游原 / 李商隐

033 劝酒 / 于武陵

034 远山 / 欧阳修

035 乌江 / 李清照

037 寻胡隐君 / 高启

第二辑　七言绝句

041 凉州词 / 王翰

043 凉州词 / 王之涣

045 芙蓉楼送辛渐 / 王昌龄

047 九月九日忆山东兄弟 / 王维

048 送元二使安西 / 王维

050 春夜洛城闻笛 / 李白

051 峨眉山月歌 / 李白

053 黄鹤楼送孟浩然之广陵 / 李白

055 哭晁卿衡 / 李白

056 山中对酌 / 李白

057 山中问答 / 李白

058　望庐山瀑布 / 李白

060　早发白帝城 / 李白

062　赠汪伦 / 李白

063　别董大 / 高适

064　碛中作 / 岑参

066　枫桥夜泊 / 张继

068　舟中读元九诗 / 白居易

069　江南春 / 杜牧

071　山行 / 杜牧

073　题乌江亭 / 杜牧

075　赠别 / 杜牧

076　山亭夏日 / 高骈

078　乌江亭 / 王安石

080　澄迈驿通潮阁 / 苏轼

081　春夜 / 苏轼

083　六月二十七日望湖楼醉书 / 苏轼

084　雨中登岳阳楼望君山 / 黄庭坚

第三辑　五言律诗

087　杜少府之任蜀州 / 王勃

089　过故人庄 / 孟浩然

091　临洞庭 / 孟浩然

093 鲁郡东石门送杜二甫 / 李白

095 送友人 / 李白

097 春日忆李白 / 杜甫

098 春望 / 杜甫

100 春夜喜雨 / 杜甫

101 登岳阳楼 / 杜甫

103 旅夜书怀 / 杜甫

105 月夜 / 杜甫

107 除夜宿石头驿 / 戴叔伦

108 除夜寄弟妹 / 白居易

第四辑　七言律诗

113 黄鹤楼 / 崔颢

115 登高 / 杜甫

117 江村 / 杜甫

119 秋兴 / 杜甫

121 蜀相 / 杜甫

122 寄李儋元锡 / 韦应物

124 八月十五日夜，禁中独直，对月忆元九 / 白居易

126 香炉峰下新卜山居，草堂初成，偶题东壁 / 白居易

128 咸阳城东楼 / 许浑

130 游山西村 / 陆游

第五辑　古体诗

- 135　硕鼠
- 137　桃夭
- 139　陟岵
- 141　子衿
- 142　迢迢牵牛星
- 144　行行重行行
- 146　生年不满百　古诗十九首
- 147　上邪
- 148　秋风辞 / 汉武帝
- 150　七步诗 / 曹植
- 152　野田黄雀行 / 曹植
- 154　饮酒 / 陶潜
- 156　杂诗 / 陶潜
- 158　责子 / 陶潜
- 160　敕勒歌 / 斛律金
- 162　代悲白头翁 / 刘廷芝
- 164　送别 / 王维
- 165　把酒问月 / 李白
- 167　月下独酌 / 李白
- 169　子夜吴歌 / 李白

171 兵车行 / 杜甫

174 梦李白 / 杜甫

176 石壕吏 / 杜甫

178 赠卫八处士 / 杜甫

180 胡笳歌 送颜真卿使赴河陇 / 岑参

182 游子吟 / 孟郊

183 长恨歌 / 白居易

189 卖炭翁 / 白居易

191 渔翁 / 柳宗元

193 诗人简介

197 出典简介

201 日本国语教材收录汉诗情况简介

232 后记

特别推荐篇

绣袈裟衣缘①

长　屋②

山川异域　风月同天
寄诸佛子　共结来缘

（《全唐诗》）

注：

①　《日本诗纪》（天明6年〔1786〕刊行）卷之六甲集第二：制千袈裟缘各绣一偈施唐国一人一首引六学僧传又载："山川异域　风月一天　远寄净侣　誓结胜缘。"

②　长屋：在日本的正式名称是长屋王（684—729）。奈良时代政治家，高市皇子之子，天武天皇之孙。在藤原不比等死后担任左大臣。因反对朝廷册封不比等之女、圣武天皇的妃子光明子为皇后而遭藤原氏陷害，被迫自杀（史称"长屋王之变"）。其诗歌收录在《万叶集》《怀风藻》中。

第 一 辑

五言绝句

易水①送别

骆宾王

此地别燕丹②　壮士③发冲冠
昔时人已没　今日水犹寒

（《唐诗选》）

注：

① 易水：河流名，也称易河，位于河北省西部的易县境内，为战国时燕国的南界。
② 燕丹：即燕太子丹（？—公元前226），姬姓，名丹，燕王喜之子，战国末期燕国太子。策划荆轲刺秦王事件，事情败露后，被燕王喜诛杀，头颅被献于秦军求和。
③ 壮士：即荆轲（？—公元前227），齐国人，燕国刺客，奉燕太子丹之命，刺杀秦王（后来的秦始皇）未遂，被诛于殿上。

出处：

东京书籍《精选古典B汉文编》（高中）
东京书籍《精选古典B新版》（高中）

登鹳鹊楼①

王之涣

白日依山尽　黄河入海流
欲穷千里目　更上一层楼

（《唐诗选》）

注：

① 鹳鹊楼：鹳鹊楼在唐代蒲州城（今山西省永济市西），是一座能俯瞰黄河的三层高楼。

编者注：鹳鹊楼的"鹊"，《全唐诗》作"雀"。

出处：

桐原书店《新探求国语综合古典编》（高中）
数研出版《改订版国语综合古典编》（高中）
教育出版《精选国语综合古典编》（高中）
大修馆《国语综合改订版古典编》（高中）
三省堂《高中国语综合古典编改订版》（高中）
教育出版《新编国语综合》（高中）

数研出版《高中国语综合》(高中)
数研出版《新编国语综合》(高中)
教育出版《国语综合》(高中)
数研出版《改订版高中国语综合》(高中)
筑摩书房《古典B汉文编改订版》(高中)
文英堂《古典B》(高中)

春　晓

孟浩然

春眠不觉①晓　处处②闻啼鸟
夜来③风雨声　花落知多少④

（《唐诗选》）

注：

① 觉：意识到。
② 处处：这里那里，到处。
③ 夜来：这里指昨夜。
④ 多少：询问数量的词语。

出处：

三省堂《小学国语　扩展学习　五年级》（小学）
教育出版《扩展语言　小学国语　5上》（小学）
光村图书《国语　五　银河》（小学）
东京书籍《新编新国语　六》（小学）

光村图书《国语2》(初中)

三省堂《现代国语2》(初中)

大修馆《国语表现改订版》(高中)

教育出版《精选国语综合古典编》(高中)

三省堂《高中国语综合古典编改订版》(高中)

第一学习社《高中改订版国语综合》(高中)

东京书籍《国语综合古典编》(高中)

第一学习社《高中改订版标准国语综合》(高中)

筑摩书房《精选国语综合古典编改订版》(高中)

教育出版《新编国语综合》(高中)

明治书院《新精选国语综合古典编》(高中)

大修馆《新编国语综合改订版》(高中)

明治书院《新高中国语综合》(高中)

东京书籍《新编国语综合》(高中)

数研出版《新编国语综合》(高中)

筑摩书房《国语综合改订版》(高中)

第一学习社《高中改订版新编国语综合》(高中)

三省堂《精选国语综合改订版》(高中)

右文书院《说话　随笔　故事·小话　汉诗　史话》(高中)

宿建德江①

孟浩然

移舟泊烟渚② 日暮客愁③新
野旷天低树 江清月近人

（《唐诗三百首》）

注：

① 建德江：今浙江省建德市附近的一条河流，相当于钱塘江的中流。
② 烟渚：被暮霭笼罩的岸边。"烟"指的是霭、轻雾。
③ 客愁：旅途的忧愁。

出处：

东京书籍《精选古典B汉文编》（高中）

三省堂《高中古典B汉文编改订版》（高中）

东京书籍《精选古典B新版》（高中）

东京书籍《新编古典B》（高中）

三省堂《精选古典B改订版》（高中）

竹 里 馆①

王 维

独坐幽篁②里　弹琴③复长啸④
深林人不知　明月来相照

（《唐诗选》）

注：

① 竹里馆:竹林中的住宅。王维别墅中的建筑物之一。
② 幽篁:深深的竹林。
③ 琴:置于膝上演奏的小型七弦琴。
④ 长啸:噘嘴拉长声音唱歌。

出处：

教育出版《古典文学选古典A》(高中)
大修馆《古典A物语选改订版》(高中)
三省堂《古典A》(高中)
明治书院《新精选古典B汉文编》(高中)

大修馆《古典B改订版汉文编》(高中)

明治书院《新高中古典B》(高中)

大修馆《新编古典B改订版》(高中)

大修馆《精选古典B改订版》(高中)

鹿　柴①

王　维

空山②不见人③　但闻人语响
返景④入深林　复照青苔上

（《唐诗三百首》《唐诗选》）

注：

① 鹿柴：为了养鹿而围起来的场所。位于长安（今陕西省西安市）南郊辋川的王维别墅中一景。

② 空山：没有人烟的幽静的山林。

③ 不见人：看不到人影。

④ 返景：夕阳。"景"指的是光、光线。

出处：

第一学习社《高中改订版标准古典A物语选》（高中）
东京书籍《精选古典B汉文编》（高中）
筑摩书房《古典B汉文编改订版》（高中）

数研出版《改订版古典B汉文编》(高中)

教育出版《精选古典B汉文编》(高中)

三省堂《高中古典B汉文编改订版》(高中)

教育出版《新编古典B迈向语言的世界》(高中)

东京书籍《精选古典B新版》(高中)

第一学习社《高中改订版标准古典B》(高中)

文英堂《古典B》(高中)

东京书籍《新编古典B》(高中)

三省堂《精选古典B改订版》(高中)

教育出版《古典B》(高中)

杂　诗①

王　维

君自故乡来　　应知故乡事
来日绮窗②前　　寒梅著花未

　　　　　　　　　　　（《唐诗三百首》）

注：

① 杂诗：意为无题之诗。叙述作者的心境或人生观等。
② 绮窗：用斜纹图案丝绸装饰的窗户。

出处：

桐原书店《新探求古典B汉文编》（高中）

独坐敬亭山①

李 白

众鸟高飞尽　孤云独去闲②
相看两不厌　只有敬亭山

　　　　　　　　（《唐诗选》《李太白集》）

注：

① 敬亭山：位于今安徽省宣城市北的山。
② 闲：也作"闲"。安静、平静、悠闲、宁静之意。

出处：

东京书籍《精选古典B汉文编》（高中）
第一学习社《高中改订版古典B汉文编》（高中）
东京书籍《精选古典B新版》（高中）
第一学习社《高中改订版古典B》（高中）

静 夜 思①

李 白

床②前看月光　疑是③地上霜
举头望山月　低头思故乡

(《唐诗选》)

注：

① 静夜思：静静的夜里的思念。
② 床：寝具、床铺、床。编者注：原字为"牀"。
③ 疑是：好像是，简直就是。

编者注：中国人熟悉的版本来自《唐诗三百首》。

出处：

教育出版《扩展语言　小学国语　5上》(小学)
学图《初中国语3》(初中)
大修馆《国语表现改订版》(高中)
数研出版《改订版国语综合古典编》(高中)

教育出版《精选国语综合古典编》(高中)

大修馆《国语综合 改订版 古典编》(高中)

三省堂《高中国语综合古典编改订版》(高中)

第一学习社《高中改订版国语综合》(高中)

东京书籍《国语综合古典编》(高中)

第一学习社《高中改订版标准国语综合》(高中)

筑摩书房《精选国语综合古典编改订版》(高中)

明治书院《新精选国语综合古典编》(高中)

大修馆《新编国语综合改订版》(高中)

明治书院《新高中国语综合》(高中)

数研出版《高中国语综合》(高中)

三省堂《明解国语综合改订版》(高中)

数研出版《新编国语综合》(高中)

教育出版《国语综合》(高中)

筑摩书房《国语综合改订版》(高中)

数研出版《改订版高中国语综合》(高中)

第一学习社《高中改订版新编国语综合》(高中)

三省堂《精选国语综合改订版》(高中)

三省堂《古典A》(高中)

东京书籍《新编古典B》(高中)

秋 浦 歌①

李 白

白发三千丈②　缘愁似个③长
不知明镜里　何处④得秋霜

（《唐诗选》）

注：

① 《秋浦歌》：李白在秋浦（今安徽省池州市西南）连续创作的一系列诗歌之一。
② 丈：长度单位。十尺。唐代一丈大约等于现在的三米。
③ 似个：与"如此"的意思相同。
④ 何处：表示疑问。

编者注：秋霜，形容白发。

出处：

教育出版《古典文学选古典A》（高中）
大修馆《古典A物语选改订版》（高中）

东京书籍《精选古典B汉文编》(高中)
教育出版《精选古典B汉文编》(高中)
三省堂《高中古典B汉文编改订版》(高中)
大修馆《新编古典B改订版》(高中)
东京书籍《精选古典B新版》(高中)
大修馆《精选古典B改订版》(高中)
教育出版《古典B》(高中)

绝　句①

杜　甫

江碧鸟逾白　　山青花欲然②
今春看③又过　何日是归年④

（《唐诗选》）

注：

① 绝句：通常作为诗的一种类型,不过在此被用作了题名。
编者注：《全唐诗》作"绝句二首　其二"。
② 欲然："欲"是"好像""将要"之意。"然"同"燃"。
编者注：《全唐诗》作"燃"。
③ 看：眼看着。
④ 归年：能够回故乡的时间。

出处：

三省堂《小学国语　扩展学习　五年级》（小学）
光村图书《国语2》（初中）

三省堂《现代国语2》(初中)

桐原书店《新探求国语综合古典编》(高中)

大修馆《国语综合 改订版 古典编》(高中)

筑摩书房《精选国语综合古典编改订版》(高中)

筑摩书房《国语综合改订版》(高中)

第一学习社《高中改订版标准古典A物语选》(高中)

大修馆《新编古典B改订版》(高中)

第一学习社《高中改订版标准古典B》(高中)

秋夜寄丘员外①

韦应物

怀君属②秋夜　　散步咏凉天
空山③松子④落　　幽人⑤应未眠

（《唐诗三百首》《唐诗选》）

注：

① 《秋夜寄丘员外》：题名也作《秋夜寄丘二十二员外》。"寄"，送到身居远方的人手中。"丘二十二员外"，"丘"是姓，"二十二"是排行（表示一族中同辈人的年龄顺序的数字），"员外"是官名"员外郎"的简称。"丘员外"指的是丘丹，曾任户部员外郎（尚书省属官），此时隐居在临平山（现在浙江省）。

② 属：刚好。

③ 空山：也作"山空"。没有人烟的幽静的山。

④ 松子：松塔、松球、松果。

⑤ 幽人：离群索居的隐士，指丘丹。

出处：
　　东京书籍《国语综合古典编》(高中)
　　筑摩书房《精选国语综合古典编改订版》(高中)
　　大修馆《新编国语综合改订版》(高中)
　　筑摩书房《国语综合改订版》(高中)
　　数研出版《改订版古典B汉文编》(高中)

秋 日

耿 沣

反照①入间巷②　　忧来③谁共语
古道少人行　　秋风动禾黍④

(《唐诗选》)

注：

① 反照：夕阳的光辉、光线。
② 间巷：村庄。
③ 忧来：忧愁涌上心头。

编者注："忧",《文苑英华》也作"愁",《万首唐人绝句》为"愁"。
编者注：谁共,《全唐诗》作"与谁"。
编者注：少,《全唐诗》《极玄集》作"无"。

④ 禾黍：在此"禾"指的是水稻,"黍"指的是黍子、稷。

出处：

明治书院《新精选国语综合古典编》(高中)
明治书院《新高中国语综合》(高中)

江 雪①

柳宗元

千山②鸟飞绝　万径③人踪④灭
孤舟蓑笠翁⑤　独钓寒江雪

(《唐诗三百首》)

注:

① 江雪:江边的雪景。
② 千山:很多山。
③ 万径:所有的小路。
④ 人踪:人的足迹。
⑤ 蓑笠翁:披蓑衣戴斗笠的老人。

出处:

教育出版《精选国语综合古典编》(高中)
大修馆《国语综合改订版古典编》(高中)
三省堂《高中国语综合古典编改订版》(高中)

第一学习社《高中改订版国语综合》(高中)

东京书籍《国语综合古典编》(高中)

筑摩书房《精选国语综合古典编改订版》(高中)

教育出版《新编国语综合》(高中)

明治书院《新精选国语综合古典编》(高中)

大修馆《新编国语综合改订版》(高中)

明治书院《新高中国语综合》(高中)

东京书籍《新编国语综合》(高中)

数研出版《新编国语综合》(高中)

教育出版《国语综合》(高中)

筑摩书房《国语综合改订版》(高中)

三省堂《精选国语综合改订版》(高中)

右文书院《说话　随笔　故事·小话　汉诗　史话》(高中)

秋 风 引①

刘禹锡

何处②秋风至　萧萧③送雁群
朝来④入庭树　孤客⑤最先闻

(《唐诗选》《刘梦得文集》)

注:

① 《秋风引》:秋风之歌。"引",歌,用在乐府题(原本是和着音乐演唱的诗题)中的词语。

② 何处:表疑问。

③ 萧萧:寂寞的样子。此处形容风声。

④ 朝来:今天早上。

⑤ 孤客:孤独的旅人。此处指作者本人。

出处:

东京书籍《精选古典B汉文编》(高中)

第一学习社《高中改订版古典B汉文编》(高中)

筑摩书房《古典B汉文编改订版》(高中)
桐原书店《新探求古典B汉文编》(高中)
教育出版《精选古典B汉文编》(高中)
东京书籍《精选古典B新版》(高中)
第一学习社《高中改订版古典B》(高中)
东京书籍《新编古典B》(高中)
教育出版《古典B》(高中)

登乐游原①

李商隐

向晚②意不适　驱车登古原
夕阳无限好　只是近黄昏③

（《唐诗三百首》）

注：

① 乐游原：位于长安（今陕西省西安市）南部、曲江之北的小山丘，自汉朝以来的游览地。

编者注："登乐游原"，《全唐诗》作"乐游原"。

② 向晚：天将暮之时。
③ 黄昏：傍晚。

出处：

东京书籍《精选古典B汉文编》（高中）
东京书籍《精选古典B新版》（高中）

劝　酒

于武陵

劝君金屈卮①　满酌不须辞②
花发多风雨　人生足别离③

(《唐诗选》)

注：

① 金屈卮：带把手的黄金制大杯。
② 不须辞：没有必要拒绝。
③ 足别离：分别很多。

出处：

三省堂《明解国语综合改订版》(高中)
大修馆《古典B改订版汉文编》(高中)
数研出版《改订版古典B汉文编》(高中)

远　山

欧阳修

山色无远近　　看山终日行
峰峦①随处改　　行客②不知名

(《欧阳文忠公集》)

注：

① 峰峦：连绵的山脉。峰，尖尖的山。峦，圆圆的山。
② 行客：旅人。

出处：

东京书籍《精选古典B汉文编》(高中)

东京书籍《精选古典B新版》(高中)

乌 江①

李清照

生当作人杰②　死亦为鬼雄③
至今思项羽④　不肯过⑤江东

(《李清照集笺注》)

注：

① 乌江:位于现在的安徽省和县东北,长江渡口。

② 人杰:很多人中的杰出者。

③ 鬼雄:死者中的英雄。

④ 项羽:即项籍(公元前232—公元前202),字羽。生于楚国名门的武将,举兵灭秦,号西楚霸王,后与刘邦楚汉相争,失败,自刎于乌江。编者注:日本汉文教材中基本都选用《史记》中的"鸿门之会"和"四面楚歌"。项羽的名诗"力拔山兮气盖世,时不利兮骓不逝,骓不逝兮可奈何,虞兮虞兮奈若何"亦在其中。

⑤ 过:去。访问。

出处：
明治书院《新精选古典B汉文编》（高中）

寻胡隐君①

高　启

渡水②复渡水　看花还③看花
春风江上④路　不觉⑤到君家

（《高太史大全集》《高青邱诗集》）

注：

① 胡隐君:胡姓隐者。"隐君"是对隐士的尊称。
② 水:河流。
③ 还:与"复"同。
④ 江上:河边。
⑤ 不觉:不知不觉。

出处：

学校图书《大家和学习　小学国语　六年级上》(小学)
三省堂《古典A》(高中)
数研出版《改订版古典B汉文编》(高中)
大修馆《精选古典B改订版》(高中)

第 二 辑

七言绝句

凉 州 词①

王 翰

葡萄美酒夜光杯②　欲饮琵琶③马上催
醉卧沙场④君莫笑　古来征战⑤几人回

(《唐诗选》《唐诗三百首》)

注：

① 《凉州词》：从凉州流行开来的歌曲名。"凉州"指的是现在的甘肃省武威市一带，大唐西部要地。

　编者注：《全唐诗》作"凉州词其一"。

② 夜光杯：产于西域的夜里也会发光的玉杯。

　编者注：葡，《全唐诗》作"蒲"。

③ 琵琶：西域的弦乐器，有四弦或五弦。

④ 沙场：沙漠。成为战场的沙漠，进而指战乱之地。

⑤ 征战：远征，战斗。

出处：

桐原书店《新探求国语综合古典编》(高中)

数研出版《改订版国语综合古典编》(高中)

教育出版《精选国语综合古典编》(高中)

大修馆《国语综合改订版古典编》(高中)

三省堂《高中国语综合古典编改订版》(高中)

东京书籍《国语综合古典编》(高中)

筑摩书房《精选国语综合古典编改订版》(高中)

教育出版《新编国语综合》(高中)

大修馆《新编国语综合改订版》(高中)

数研出版《高中国语综合》(高中)

三省堂《明解国语综合改订版》(高中)

东京书籍《新编国语综合》(高中)

数研出版《新编国语综合》(高中)

教育出版《国语综合》(高中)

筑摩书房《国语综合改订版》(高中)

数研出版《改订版高中国语综合》(高中)

三省堂《精选国语综合改订版》(高中)

右文书院《说话　随笔　故事·小话　汉诗　史话》(高中)

明治书院《新精选古典B汉文编》(高中)

明治书院《新高中古典B》(高中)

文英堂《古典B》(高中)

凉 州 词

王之涣

黄河远上白云间　　一片孤城万仞①山
羌笛②何须怨杨柳③　春光不度④玉门关⑤

（《唐诗选》）

注：

① 仞：长度单位，一仞大约等于两米。

② 羌笛：边境地带的异民族羌（藏系少数民族）吹的竹笛。

③ 怨杨柳：悲伤地吹奏别离之曲《折杨柳》。当时有折柳送别的风俗。

④ 度：同"渡"。

⑤ 玉门关：位于现在甘肃省敦煌市西的关所。通常被认为是内地与西域的分界线。

编者注：在《唐诗三百首》（卷八　七言绝句　乐府）中，该诗的内容是"黄河远上白云间，一片孤城万仞山。羌笛何须怨杨柳，春风不度玉门关"或者"黄沙直上白云间，一片孤城万仞山。羌笛何须怨杨柳，春风不过玉门关"。在中国最广为流传的是"黄河远上白云间，一片孤城万仞山。羌笛何须怨杨柳,春风不度玉门关"。

出处:

东京书籍《精选古典 B 汉文编》(高中)

教育出版《精选古典 B 汉文编》(高中)

教育出版《新编古典 B 迈向语言的世界》(高中)

东京书籍《精选古典 B 新版》(高中)

三省堂《精选古典 B 改订版》(高中)

教育出版《古典 B》(高中)

芙蓉楼①送辛渐②

王昌龄

寒雨连江③夜入吴④　平明⑤送客楚山⑥孤
洛阳⑦亲友如相问　一片冰心⑧在玉壶⑨

(《唐诗选》)

注：

① 芙蓉楼：润州(今江苏省镇江市)西北长江边上的高楼，能够俯瞰长江。

② 辛渐：作者的友人，生卒年不详。辛渐在前往洛阳(现在的河南省洛阳市)旅行的途中，拜访了左迁江宁(现在的南京市)丞(江宁的副行政长官)的王昌龄。

③ 寒雨连江：冰冷的雨水倾盆而下，与江面连为一体。

④ 吴：包括镇江在内的江苏省南部一带。

⑤ 平明：黎明。

⑥ 楚山：楚地的山。"楚"在此与"吴"基本上指的是同一地域。

⑦ 洛阳：当时为唐朝的东都。

⑧ 冰心：像冰一样透彻的心。

⑨　玉壶：用玉做成的冰清玉洁的壶。

出处：

　　教育出版《古典文学选古典A》（高中）

　　桐原书店《新探求古典B汉文编》（高中）

　　教育出版《精选古典B汉文编》（高中）

　　三省堂《高中古典B汉文编改订版》（高中）

　　文英堂《古典B》（高中）

　　教育出版《古典B》（高中）

九月九日^①忆山东^②兄弟^③

王 维

独在异乡^④为异客　每逢佳节倍思亲
遥知兄弟登高处　遍插茱萸^⑤少一人

(《王右丞集》)

注：

① 九月九日：重阳节。在这一天，家人一起登山，在头发上插茱萸，喝用菊花泡的酒。重阳节是被除不祥的节日。
② 山东：函谷关(今河南省灵宝市东南)以东的地区。
③ 兄弟：王维是家中长子，还有四个弟弟。
④ 异乡：此时，王维因准备参加科举考试而待在首都长安。
⑤ 茱萸：山茱萸科的落叶小乔木，吴茱萸。

出处：

第一学习社《高中改订版古典B汉文编》(高中)
第一学习社《高中改订版古典B》(高中)

送元二①使安西②

王 维

渭城③朝雨浥轻尘④　　客舍青青柳色新
劝君更尽一杯酒　　　　西出阳关⑤无故人⑥

(《三体诗》)

注:

① 元二:姓元,名不详,在家族中排行第二,具体生平不详。

② 《送元二使安西》:安西,今新疆维吾尔自治区阿克苏地区库车县。唐朝时为安西都护府所在地,西域政治、军事要地。

编者注:《全唐诗》和《唐诗三百首》作"渭城曲"。

③ 渭城:咸阳(今陕西省咸阳市)的别名。与长安(今陕西省西安市)隔渭河相向,在唐代有在此送别西行亲友的风俗。

④ 轻尘:轻轻飞舞的沙尘。

编者注:柳色新,《全唐诗》作"杨柳春"。

⑤ 阳关:进入西域的关所,内地与西域的分界。今甘肃省敦煌市西南。

⑥ 故人:老朋友。

出处：

学校图书《初中国语3》(初中)

桐原书店《新探求国语综合古典编》(高中)

数研出版《改订版国语综合古典编》(高中)

教育出版《精选国语综合古典编》(高中)

大修馆《国语综合改订版古典编》(高中)

三省堂《高中国语综合古典编改订版》(高中)

第一学习社《高中改订版国语综合》(高中)

东京书籍《国语综合古典编》(高中)

第一学习社《高中改订版标准国语综合》(高中)

筑摩书房《精选国语综合古典编改订版》(高中)

教育出版《新编国语综合》(高中)

明治书院《新精选国语综合古典编》(高中)

大修馆《新编国语综合改订版》(高中)

明治书院《新高中国语综合》(高中)

数研出版《高中国语综合》(高中)

数研出版《新编国语综合》(高中)

教育出版《国语综合》(高中)

筑摩书房《国语综合改订版》(高中)

数研出版《改订版高中国语综合》(高中)

第一学习社《高中改订版新编国语综合》(高中)

三省堂《精选国语综合改订版》(高中)

右文书院《说话　随笔　故事·小话　汉诗　史话》(高中)

春夜洛城①闻笛

李　白

谁家玉笛②暗③飞声　　散入春风满洛城
此夜曲中闻折柳④　　何人不起故园情⑤

（《唐诗选》）

注：

① 洛城：洛阳。现在的河南省洛阳市。
② 玉笛：笛的美称。
③ 暗：悄悄地。不知从何处来的，总觉得有的。
④ 折柳：笛子曲《折杨柳》。别离之曲。来源于送别远行的亲友时，折杨柳枝饯行的风俗。
⑤ 故园情：思念故乡的心情。

出处：

大修馆《国语综合改订版古典编》（高中）
三省堂《精选古典B改订版》（高中）

峨眉山①月歌

李　白

峨眉山月半轮②秋　　影③入平羌江④水流
夜发清溪⑤向三峡⑥　　思君不见下渝州⑦

（《唐诗选》）

注：

① 峨眉山：山名。位于现在的四川省境内。
② 半轮：半圆。
③ 影：光。这里指月光。
④ 平羌江：河流名。流进峨眉山东北的河流。也叫青衣江。
⑤ 清溪：峨眉山东南的城镇。位于平羌江与岷江交汇处南八十公里的下游地带。
⑥ 三峡：长江的瞿塘峡、巫峡、西陵峡（一说"明月峡"）。
⑦ 渝州：现在的重庆市。

出处：

东京书籍《新编国语综合》（高中）

第一学习社《高中改订版标准古典A物语选》(高中)

三省堂《古典A》(高中)

大修馆《古典B改订版汉文编》(高中)

第一学习社《高中改订版标准古典B》(高中)

黄鹤楼①送孟浩然之广陵②

李 白

故人西辞③黄鹤楼　烟花④三月下扬州
孤帆⑤远影碧空尽　唯⑥见长江天际⑦流

(《唐诗选》)

注：

① 黄鹤楼：耸立在长江边上的高楼,故址在今湖北省武汉市的长江岸边。
② 广陵：今江苏省扬州市。当时是长江流域的繁华都市。
③ 西辞：面向西方告别(目的地在东方)。
④ 烟花：朦朦胧胧的花,伴随着春霞的美景。
⑤ 孤帆：扬帆起航的一艘船。
⑥ 唯：也作"惟"。
⑦ 天际：天空的尽头。

出处：

光村图书《国语2》(初中)

三省堂《现代国语2》(初中)

第一学习社《高中改订版国语综合》(高中)

东京书籍《国语综合古典编》(高中)

三省堂《精选国语综合改订版》(高中)

哭晁卿衡①

李 白

日本晁卿辞帝都　征帆一片绕蓬壶②
明月不归沉碧海　白云愁色满苍梧③

(《李太白集》)

注：

① 哭晁卿衡：哭阿倍仲麻吕(698—770)。晁衡是阿倍仲麻吕的中国名字。"卿"是尊称。"哭"，哀悼晁衡的死。阿倍仲麻吕作为日本遣唐留学生来到中国，出仕唐王朝。后来他在唐玄宗天宝十二年(753)，踏上归国之途，但是遭遇了海难，漂流到了现在的越南北部。李白以为阿倍仲麻吕已死，因此哀悼。
② 蓬壶：仙人居住的海中之山。也叫蓬莱山。
③ 苍梧：在此指中国的东南方。

出处：

大修馆《精选古典B改订版》(高中)

山中对酌

李　白

两人对酌山花开　一杯一杯复一杯
我醉欲眠君且去　明朝有意①抱琴②来

（《古文真宝》）

注：
① 有意：心血来潮，一时兴起的话。
② 琴：弦乐器的一种。自古以来为知识分子所喜爱。

出处：

数研出版《改订版古典B汉文编》（高中）

山中问答

李　白

问余何意栖碧山　　笑而不答心自闲
桃花流水①窅然②去　别有天地非人间③

　　　　　　　　　　（《李太白集》）

注：

① 桃花流水：漂浮着桃花的水流。来源于陶潜的《桃花源记》。
② 窅然：极远的样子。
③ 人间：俗世间。俗界。

出处：

大修馆《古典B改订版汉文编》（高中）

望庐山①瀑布

李 白

日照香炉②生紫烟③　遥看瀑布挂前④川⑤
飞流直下三千尺⑥　疑是银河落九天⑦

(《李太白文集》《李太白集》)

注:

① 庐山:位于现在江西省九江市南的名山。

② 香炉:香炉峰。庐山的一个高峰,形状像香炉。

③ 紫烟:紫色的霭。

④ 前:也作"长"。

⑤ 挂前川:落下的瀑布,看上去就像靠在长长的河流上似的。

⑥ 三千尺:当时一尺大约相当于现在的三十一厘米。

⑦ 九天:天的最高处。

出处:

东京书籍《国语综合古典编》(高中)

明治书院《新精选古典B汉文编》(高中)

筑摩书房《古典B汉文编改订版》(高中)

桐原书店《新探求古典B汉文编》(高中)

教育出版《精选古典B汉文编》(高中)

明治书院《新高中古典B》(高中)

教育出版《新编古典B迈向语言的世界》(高中)

教育出版《古典B》(高中)

早发①白帝城②

李 白

朝辞白帝彩云③间　千里江陵④一日还
两岸猿声啼不住⑤　轻舟⑥已过万重山⑦

(《唐诗选》)

注:

① 早发:一大早就出发。
② 白帝城:位于重庆市奉节县的临长江古城。
③ 彩云:色泽鲜艳的云。此处指朝霞。
④ 江陵:现在的湖北省荆州市。
⑤ 啼不住:不停地鸣叫。

编者注:《全唐诗》作"啼不尽"。

⑥ 轻舟:船速轻快的小舟。
⑦ 万重山:一重一重的山脉。

出处:

桐原书店《新探求国语综合古典编》(高中)

教育出版《精选国语综合古典编》(高中)
教育出版《新编国语综合》(高中)
数研出版《高中国语综合》(高中)
东京书籍《精选古典B汉文编》(高中)
三省堂《高中古典B汉文编改订版》(高中)
东京书籍《精选古典B新版》(高中)
文英堂《古典B》(高中)

赠 汪 伦①

李 白

李白乘舟将欲行　　忽闻②岸上踏歌③声
桃花潭④水深千尺　　不及汪伦送我情

(《李太白文集》)

注：

① 汪伦：桃花潭附近的村民名。据说是酿酒的名人。
② 忽闻：突然听见。
③ 踏歌：两足踏地为节拍的歌舞。
④ 桃花潭：今安徽省南部泾县的河流。

出处：

东京书籍《新编国语综合》(高中)

别 董 大①

高 适

十里黄云白日曛②　　北风吹雁雪纷纷③
莫愁前路无知己　　天下谁人不识君

(《唐诗选》)

注：

① 董大：姓董，在家族同辈中排行第一。

② 曛：日照不强的样子。

编者注：十，《唐诗别裁集》作"千"。

③ 纷纷：雪下得很大。

出处：

三省堂《精选古典B改订版》(高中)

碛中①作

岑 参

走马西来②欲到天③　辞家见月两回圆
今夜不知何处宿　　平沙④万里绝人烟

（《唐诗选》《岑嘉州诗集》）

注：

① 碛中：沙漠中。
② 西来：向西前进。"来"，助字，表示动作的方向。
③ 欲到天：好像要上到天上似的。
④ 平沙：平坦的沙漠。

出处：

大修馆《古典B改订版汉文编》（高中）
第一学习社《高中改订版古典B汉文编》（高中）
数研出版《改订版古典B汉文编》（高中）
第一学习社《高中改订版古典B》（高中）

东京书籍《新编古典B》(高中)
大修馆《精选古典B改订版》(高中)

枫桥①夜泊

张 继

月落乌啼霜满天　　江枫②渔火对愁眠③
姑苏④城外寒山寺⑤　夜半钟声到客船

(《唐诗选》《唐诗三百首》)

注：

① 枫桥：江苏省苏州市西郊的桥。
② 江枫：生长在河边的枫树。
③ 愁眠：由于旅愁，不能沉睡，只能浅浅地睡眠。

编者注：渔火，《全唐诗》作"渔父"。

④ 姑苏：苏州市的古称。
⑤ 城外寒山寺：郊外枫桥附近的寺庙。

出处：

桐原书店《新探求国语综合古典编》(高中)
数研出版《改订版国语综合古典编》(高中)

数研出版《改订版高中国语综合》(高中)
教育出版《古典文学选古典A》(高中)
筑摩书房《古典B汉文编改订版》(高中)
教育出版《精选古典B汉文编》(高中)
三省堂《高中古典B汉文编改订版》(高中)
文英堂《古典B》(高中)
东京书籍《新编古典B》(高中)
教育出版《古典B》(高中)

舟中①读元九②诗

白居易

把君诗卷③灯前读　　诗尽灯残天未明
眼痛灭灯犹暗坐　　逆风吹浪打船声

(《白氏文集》)

注：

① 舟中：作者左迁赴任江州(现在的江西省九江市)的船中。

② 元九：元稹。"九"是家族中同辈排行。元稹是作者的好友，当时也在左迁中。

③ 诗卷：写诗的卷轴。

出处：

明治书院《新高中古典B》(高中)

江 南 春①

杜 牧

千里莺啼绿映红　　水村山郭②酒旗③风

南朝④四百八十寺　　多少楼台⑤烟雨⑥中

(《三体诗》)

注：

① 《江南春》："江南"，长江下游南侧一带的地域。

编者注：诗题《全唐诗》作"江南绝句"。

② 水村山郭：河边的村庄和山脚下的村庄。"郭"，城市或村庄的围墙，城墙。

③ 酒旗：酒馆的旗子。据说是用蓝布做成的。

④ 南朝：420年至589年在现在的江苏省南京市建都的宋、齐、梁、陈四个王朝。南朝贵族文化繁荣，佛教盛行。

⑤ 多少楼台：很多高大的建筑。

⑥ 烟雨：像烟雾一样下着的雨。

出处：

  教育出版《精选国语综合古典编》(高中)

  三省堂《高中国语综合古典编改订版》(高中)

  第一学习社《高中改订版国语综合》(高中)

  明治书院《新精选国语综合古典编》(高中)

  明治书院《新高中国语综合》(高中)

  三省堂《明解国语综合改订版》(高中)

  教育出版《国语综合》(高中)

  大修馆《古典A物语选改订版》(高中)

  东京书籍《精选古典B汉文编》(高中)

  数研出版《改订版古典B汉文编》(高中)

  东京书籍《精选古典B新版》(高中)

  大修馆《精选古典B改订版》(高中)

山　行

杜　牧

远上寒山①石径②斜　白云生处有人家
停车坐爱枫林晚　　霜叶③红于二月花④

(《三体诗》)

注：

① 寒山：寂寞的山。
② 石径：有很多石头的小路。
③ 霜叶：为霜所打得上了色的叶子。红叶。
④ 二月花：阴历二月份开的花。春花。

出处：

数研出版《改订版国语综合古典编》(高中)
大修馆《国语综合改订版古典编》(高中)
大修馆《新编国语综合改订版》(高中)
数研出版《高中国语综合》(高中)

东京书籍《新编国语综合》（高中）

数研出版《新编国语综合》（高中）

数研出版《改订版高中国语综合》（高中）

筑摩书房《古典B汉文编改订版》（高中）

题①乌江亭

杜　牧

胜败兵家②事不期③　　包羞忍耻是男儿
江东子弟多才俊④　　卷⑤土重来未可知

（《杜樊川诗注》）

注：

① 题:将诗写在什么地方,例如墙壁上。
② 兵家:擅长兵法的人。战略家。
③ 事不期:事情的发展无法预料。
④ 才俊:才能优秀的人物。
⑤ 卷:也作"捲"。

出处：

明治书院《新精选古典B汉文编》(高中)
东京书籍《精选古典B汉文编》(高中)
三省堂《高中古典B汉文编改订版》(高中)

东京书籍《精选古典B新版》（高中）
东京书籍《新编古典B》（高中）
三省堂《精选古典B改订版》（高中）

赠　别

杜　牧

多情①却似总无情②　　唯觉樽前笑不成③
蜡烛有心还惜别　　替人垂泪到天明④

（《唐诗三百首》）

注：
① 多情:感受性丰富。
② 无情:冷淡,薄情。
③ 唯觉樽前笑不成:只是感觉到在酒壶前笑不出来了。
编者注:樽,《全唐诗》作"尊"。
④ 天明:黎明。
编者注:《全唐诗》作"赠别二首　其二"。

出处：

筑摩书房《精选国语综合古典编改订版》（高中）
筑摩书房《国语综合改订版》（高中）
大修馆《古典B改订版汉文编》（高中）
大修馆《新编古典B改订版》（高中）

山亭①夏日

高　骈

绿树阴浓夏日长　　楼台②倒影入池塘③
水精帘④动微风起　　满架蔷薇一院⑤香

（《全唐诗》）

注：

① 山亭：山中的别墅。
② 楼台：高大的建筑物。
③ 池塘：此处指"池"。"塘"指的是包围池子的堤坝。
④ 水精帘：水晶做的帘子。"水精"，也作"水晶"，是水晶的别名。
⑤ 一院：整个庭院。

出处：

筑摩书房《精选国语综合古典编改订版》（高中）
明治书院《新精选国语综合古典编》（高中）

明治书院《新高中国语综合》(高中)
东京书籍《新编国语综合》(高中)
筑摩书房《国语综合改订版》(高中)

乌 江 亭①

王安石

百战疲劳壮士②哀③　　中原一败④势难回
江东⑤子弟今虽在　　敢⑥与君王捲⑦土来

(《临川集》)

注：

① 乌江亭：故址在今安徽和县乌江镇，为项羽兵败自刎之处。
② 壮士：此处指项羽。
③ 哀：也作"衰"。
④ 中原一败：包括项羽的垓下之败。
⑤ 江东：指长江下游的江南地区，是项羽起兵之地。
⑥ 敢：也作"肯"。
⑦ 捲：也作"卷"。

出处：

东京书籍《精选古典B汉文编》(高中)

东京书籍《精选古典B新版》(高中)

东京书籍《新编古典B》(高中)

澄迈驿通潮阁①

苏　轼

余生欲老海南村　　帝遣巫阳②招我魂
杳杳③天低鹘④没处　青山一发是中原⑤

（《东坡后集》）

注：

①　这首诗是苏轼遇赦,从事实上的流放地海南岛返回内地前所作。"澄迈驿",海南岛上的驿站,前往内地的船只从这里出发。"通潮阁",澄迈驿的高楼。

②　巫阳:巫女的名字。来自《楚辞·招魂》中的故事:以前天帝可怜屈原之魂茫然游荡,遂命巫阳将屈原召还。

③　杳杳:遥远的样子。

④　鹘:隼,游隼。

⑤　中原:古代中国的中央部。这里指宋朝内地。

出处：

数研出版《改订版古典B汉文编》(高中)

春　夜

苏　轼

春宵一刻①值②千金③　　花有清香月有阴
歌管④楼台声细细　　秋千院落⑤夜沉沉⑥

（《苏文忠公全集》《苏轼诗集》）

注：

① 一刻：大约十五分钟左右的时间段。
② 值：也作"直"。
③ 千金：价值很高。
④ 歌管：歌和乐曲。"管"，竹笛。
⑤ 院落：宅邸的中庭。
⑥ 夜沉沉：夜深人静的样子。

出处：

教育出版《扩展语言　小学国语　5上》（小学）
第一学习社《高中改订版标准古典A物语选》（高中）

大修馆《古典 A 物语选改订版》(高中)
明治书院《新精选古典 B 汉文编》(高中)
明治书院《新高中古典 B》(高中)
第一学习社《高中改订版标准古典 B》(高中)
大修馆《精选古典 B 改订版》(高中)

六月二十七日①望湖楼②醉书

苏 轼

黑云翻墨③未遮山　白雨跳珠乱入船
卷地④风来忽吹散　望湖楼下水如天

（《苏文忠公全集》）

注：

① 六月二十七日：熙宁五年（1072），旧历六月二十七日。
② 望湖楼：楼名。在浙江省杭州市西，能够俯瞰西湖。作者此时在杭州任通判（行政副长官）。
③ 翻墨：如同打翻的黑墨水那样，形容云层很黑。
④ 卷地：像把大地卷起来一般，指狂风席地卷来。

出处：

大修馆《古典B改订版汉文编》（高中）

雨中登岳阳楼望君山[①]

黄庭坚

投荒万死鬓毛斑[②]　生出瞿塘滟滪关[③]
未到江南先一笑　岳阳楼上对君山

(《山谷诗集》)

注：

① 这首诗是黄庭坚从流放之地戎州(现在的四川省宜宾县)返回故乡江南的途中所作。"岳阳楼"，俯瞰洞庭湖的高楼名。在现在的湖南省岳阳市。"君山"，洞庭湖中的岛名。

② 鬓毛斑：鬓毛(耳际的头发)中夹杂白发。

③ 瞿塘滟滪关："瞿塘"，长江三峡之一的瞿塘峡。"滟滪"，在瞿塘峡入口处有一个被称作"滟滪堆"的礁岩，长江航道的险关。

出处：

数研出版《改订版古典B汉文编》(高中)

第三辑

五言律诗

杜少府之任蜀州①

王　勃

城阙②辅③三秦④　风烟望五津⑤
与君离别意　　同是宦游⑥人
海内存知己　　天涯若比邻
无为在歧路⑦　儿女共沾巾⑧

(《唐诗三百首》《唐诗选》)

注：

① 题名也作《送杜少府之任蜀州》。"杜少府"，"杜"是姓，"少府"，县尉的通称。"蜀州"，以现在的四川省崇州市为中心的地带。

② 城阙：这里指长安的宫城。"阙"，宫城的门。

③ 辅：守卫，支撑，帮助。

④ 三秦：这里指长安附近一带，来源于项羽灭秦后，将秦地分封给三个人。

⑤ 五津：蜀地的五个渡口。

⑥ 宦游：做官，离开故乡。"宦"与"官"意思相同。

⑦ 歧路:岔道。"歧"与"岐"意思相同。
⑧ 沾巾:用手绢抹眼泪。

出处：

东京书籍《精选古典B汉文编》（高中）

三省堂《高中古典B汉文编改订版》（高中）

东京书籍《精选古典B新版》（高中）

过①故人庄

孟浩然

故人具鸡黍②　邀③我至田家
绿树村边合　　青山郭外④斜
开轩⑤面场圃⑥　把酒话桑麻⑦
待到重阳⑧日　还来就菊花⑨

(《唐诗三百首》)

注：

① 过:经过,访问。

② 鸡黍:用鸡做的菜和黄米饭。招待客人的高级饭菜。

③ 邀:这里和"迎"意思相同。

④ 郭外:村外。"郭",包围村子的墙。

⑤ 轩:也作"筳"。窗户。

⑥ 场圃:农田。

⑦ 桑麻:桑和麻的话题。进而指农事。

⑧ 重阳:阴历九月九日的节日。为了辟邪除秽,人们登高,插茱萸,喝菊花酒。

⑨ 就菊花：赏菊。"就"，靠近，做某事。

出处：
筑摩书房《古典B汉文编改订版》（高中）
文英堂《古典B》（高中）

临 洞 庭

孟浩然

八月湖水平　　涵虚①混太清②
气蒸云梦泽③　　波撼岳阳城④
欲济无舟楫⑤　　端居⑥耻圣明⑦
坐⑧观垂钓者　　徒有羡鱼情⑨

(《唐诗选》)

注：

① 虚：空
② 太清：天
③ 云梦泽：指洞庭湖一带。
④ 岳阳城：今湖南省岳阳市。在湖的东北方。
⑤ 欲济无舟楫：此处指想出仕，但是没有门路。"舟楫"，船。
⑥ 端居：一个人无所事事。
⑦ 圣明：英明天子的治世。
⑧ 坐：无所事事地。
⑨ 羡鱼情：想得到官职的心情。来源于《汉书》中的"临渊羡鱼

不如退而结网"。

编者注：徒，《全唐诗》作"空"。

编者注：《临洞庭》，《唐诗三百首》作"望洞庭上张丞相"，《全唐诗》作"望洞庭湖赠张丞相"，《文苑英华》作"望洞庭湖上张丞相"，《唐诗别裁集》作"临洞庭上张丞相"。"洞庭"，长江中游的大湖。

出处：

三省堂《高中国语综合古典编改订版》（高中）

第一学习社《高中改订版标准古典A物语选》（高中）

三省堂《古典A》（高中）

桐原书店《新探求古典B汉文编》（高中）

第一学习社《高中改订版标准古典B》（高中）

鲁郡①东石门②送杜二甫③

李　白

醉别复几日　登临遍池台
何言石门路　重有金樽④开
秋波落泗水⑤　海色明徂徕⑥
飞蓬⑦各自远　且尽手中杯

(《李太白集》)

注：

① 鲁郡：现在山东省西南部。
② 石门：设在泗水的石头造水门(石堤)。
③ 杜二甫：杜甫。"二"是杜甫在家族同辈中的排行。
④ 金樽：黄金做的酒桶。
　编者注：言，《全唐诗》作"时"。
⑤ 泗水：泗河。山东省境内的河流。
⑥ 徂徕：徂徕山。在现在的山东省泰安市。
⑦ 飞蓬：被风吹起的蓬。

出处：

桐原书店《新探求国语综合古典编》(高中)

送 友 人

李 白

青山横北郭①　白水②绕东城③
此地一为别　孤蓬④万里征
浮云游子⑤意　落日故人情
挥手自兹去　萧萧班马⑥鸣

(《唐诗选》)

注：

① 北郭：城市的北边。
② 白水：发着白光的河流。
③ 东城：城市的东部。
④ 孤蓬：被秋风吹起飘舞的一根蓬。"蓬"，艾蒿的一种。
⑤ 游子：旅人。
⑥ 班马：离别远去的马。

出处：

桐原书店《新探求国语综合古典编》(高中)

筑摩书房《精选国语综合古典编改订版》(高中)
筑摩书房《国语综合改订版》(高中)
大修馆《古典A物语选改订版》(高中)
大修馆《古典B改订版汉文编》(高中)
大修馆《新编古典B改订版》(高中)
三省堂《精选古典B改订版》(高中)
大修馆《精选古典B改订版》(高中)

春日忆李白

杜 甫

白也诗无敌　　飘然思不群
清新庾开府　　俊逸①鲍参军②
渭北③春天树　　江东④日暮云
何时一樽⑤酒　　重与细论文

（《杜诗详注》）

注：

① 俊逸：才智超群。

② 鲍参军：鲍照（？—466），南北朝时刘宋诗人。最后的官职是"前军参军"，故被称为"鲍参军"。

③ 渭北：渭水北部。此处指作者所在的长安。

④ 江东：长江下游。此处指李白所在的地方。

⑤ 一樽："一"是"满、全"之意。"一樽"，满满一桶酒。

出处：

桐原书店《新探求国语综合古典编》（高中）

第一学习社《高中改订版标准国语综合》（高中）

春　望

杜　甫

国①破山河在　　城春草木深
感时②花溅泪　　恨别鸟惊心
烽火③连三月　　家书抵万金
白头搔更短④　　浑⑤欲不胜簪

（《唐诗三百首》）

注：

① 国：此处指大唐的都城长安。
② 时：时世之意。当时长安被安禄山率领的叛军占据。
③ 烽火：狼烟。此处指战火。
④ 短：此处是"少"的意思。
⑤ 浑：此处与"全"的意思相同。

出处：

光村图书《国语2》（初中）

学校图书《初中国语3》(初中)

三省堂《现代国语2》(初中)

教育出版《精选国语综合古典编》(高中)

大修馆《国语综合改订版古典编》(高中)

三省堂《高中国语综合古典编改订版》(高中)

第一学习社《高中改订版国语综合》(高中)

东京书籍《国语综合古典编》(高中)

筑摩书房《精选国语综合古典编改订版》(高中)

教育出版《新编国语综合》(高中)

明治书院《新精选国语综合古典编》(高中)

大修馆《新编国语综合改订版》(高中)

明治书院《新高中国语综合》(高中)

数研出版《新编国语综合》(高中)

教育出版《国语综合》(高中)

筑摩书房《国语综合改订版》(高中)

第一学习社《高中改订版新编国语综合》(高中)

三省堂《精选国语综合改订版》(高中)

右文书院《说话　随笔　故事·小话　汉诗　史话》(高中)

春夜喜雨

杜　甫

好雨知时节　当春乃发生①
随风潜入夜②　润物细无声
野径云俱黑　江船火③独明
晓看红湿处　花重锦官城④

（《杜工部集》）

注：

① 发生：使万物生育。
② 潜入夜：(春雨)在夜里静静地下着。
③ 火：渔火。
④ 锦官城：现在的四川省成都市。因此处设置了管理锦的官衙而得名。

出处：

东京书籍《新编国语综合》(高中)
三省堂《高中古典B汉文编改订版》(高中)

登岳阳楼①

杜　甫

昔闻洞庭水②　　今上岳阳楼
吴楚东南坼③　　乾坤④日夜浮
亲朋无一字⑤　　老病有孤舟
戎马⑥关山⑦北　　凭轩涕泗⑧流

(《唐诗选》《唐诗三百首》)

注：

① 岳阳楼：位于现在湖南省岳阳市的高楼。
② 洞庭水：洞庭湖。位于现在湖南省的大湖。
③ 吴楚东南坼：吴和楚因洞庭湖而被划分在东、南。
④ 乾坤：天和地。
⑤ 无一字：连一封家书都没有。
⑥ 戎马：军马。进而指战争。
⑦ 关山：有关所的一座座山。
⑧ 涕泗：眼泪。

出处：

　　桐原书店《新探求国语综合古典编》（高中）

　　三省堂《精选国语综合改订版》（高中）

　　明治书院《新精选古典B汉文编》（高中）

　　大修馆《古典B改订版汉文编》（高中）

　　东京书籍《精选古典B汉文编》（高中）

　　东京书籍《精选古典B新版》（高中）

　　东京书籍《新编古典B》（高中）

旅夜书怀①

杜 甫

细草微风岸　危樯②独夜③舟
星垂平野阔　月涌大江流
名岂文章著　官应老病休④
飘飘何所似　天地一沙鸥

(《唐诗选》《唐诗三百首》)

注：

① 据说这首诗是杜甫带着家人在沿长江而下的旅途中所作，杜甫时年五十四岁。
② 危樯：高高耸立的桅杆。
③ 独夜：一个人睡不着觉的夜晚。
④ 休：辞职。这一年杜甫的庇护者严武去世，以此为契机，杜甫辞掉了官职。

出处：

教育出版《精选国语综合古典编》(高中)

数研出版《改订版古典B汉文编》(高中)
明治书院《新高中古典B》(高中)

月　夜

杜　甫

今夜鄜州①月　闺②中只独看
遥怜小儿女③　未解忆长安④
香雾云鬟⑤湿　清辉玉臂⑥寒
何时倚虚幌⑦　双照⑧泪痕⑨干

（《唐诗三百首》《杜律集解》）

注：

① 鄜州：现在的陕西省延安市富县。此时，作者的妻儿为躲避安史之乱来此避难。这首诗就是作者至德元年(756)秋在长安为叛军捕获后，思念妻儿所作。

② 闺：妇人的房间。

③ 小儿女：幼小的儿子和姑娘。

④ 忆长安：担心长安的情形。

⑤ 云鬟：头发很多的意思。

⑥ 玉臂：美丽的胳膊。

⑦ 虚幌：没有人的房间的窗帘。

⑧ 双照:月光照着夫妇两人。

⑨ 泪痕:(重逢时的欢喜的)眼泪痕迹。

出处:

数研出版《改订版国语综合古典编》(高中)

第一学习社《高中改订版国语综合》(高中)

数研出版《高中国语综合》(高中)

三省堂《明解国语综合改订版》(高中)

数研出版《改订版高中国语综合》(高中)

大修馆《古典A物语选改订版》(高中)

大修馆《古典B改订版汉文编》(高中)

东京书籍《精选古典B汉文编》(高中)

教育出版《精选古典B汉文编》(高中)

教育出版《新编古典B迈向语言的世界》(高中)

东京书籍《精选古典B新版》(高中)

三省堂《精选古典B改订版》(高中)

大修馆《精选古典B改订版》(高中)

教育出版《古典B》(高中)

除夜宿石头驿①

戴叔伦

旅馆谁相问　寒灯独可亲
一年将尽夜　万里未归人
寥落悲前事　支离笑此身
愁颜与衰鬓　明日又逢春②

(《三体诗》)

注：

① 石头驿：洪州（江西省南昌市）的驿站。
② 春：新春。新年。

出处：

右文书院《说话　随笔　故事·小话　汉诗　史话》（高中）

文英堂《古典B》（高中）

除夜①寄弟妹

白居易

感时思弟妹　　不寐②百忧③生
万里经年④别　　孤灯此夜情
病容非旧日　　归思逼新正⑤
早晚⑥重欢会　　羁离各长成

（《白氏文集》）

注：

① 除夜：除夕夜。
② 寐：也作"寝"。
③ 百忧：很多烦心事。
④ 经年：数年。
⑤ 新正：新年的开始。正月。
⑥ 早晚：总有一天。

出处：

第一学习社《高中改订版古典B汉文编》（高中）

教育出版《精选古典B汉文编》(高中)
第一学习社《高中改订版古典B》(高中)
教育出版《古典B》(高中)

第 四 辑

七言律诗

黄 鹤 楼①

崔 颢

昔人②已乘白云③去　　此地空余黄鹤楼
黄鹤一去不复返　　　　白云千载空悠悠
晴川历历④汉阳⑤树　　芳草萋萋⑥鹦鹉洲⑦
日暮乡关⑧何处是　　　烟波⑨江上使人愁

(《唐诗选》《唐诗三百首》)

注：

① 黄鹤楼：一座有着黄鹤传说的高楼。原址在现在湖北省武汉市武昌的长江边上。

② 昔人：在酒馆墙壁上画黄鹤的传说中的老人。

③ 白云：也作"黄鹤"。

④ 历历：一棵一棵清晰可见的样子。

⑤ 汉阳：与武昌隔长江相对的地方。今天已经与武昌、汉口合并成了武汉市。

⑥ 萋萋：草木茂盛的样子。

⑦ 鹦鹉洲：长江中的沙洲名，在汉阳的西南方。

⑧ 乡关：故乡。
⑨ 烟波：烟霭弥漫的江面。

出处：

右文书院《说话　随笔　故事·小话　汉诗　史话》(高中)

东京书籍《精选古典B汉文编》(高中)

数研出版《改订版古典B汉文编》(高中)

教育出版《精选古典B汉文编》(高中)

明治书院《新高中古典B》(高中)

东京书籍《精选古典B新版》(高中)

登 高①

杜 甫

风急天高猿啸②哀　渚清沙白鸟飞回
无边落木③萧萧下　不尽长江滚滚来
万里悲秋常作客④　百年⑤多病独登台
艰难苦恨繁霜鬓⑥　潦倒新停⑦浊酒杯

(《唐诗选》《杜工部集》《唐诗三百首》)

注：

① 登高：九月九日重阳节,有登高风俗。

② 猿啸：猴子的叫声。

③ 无边落木：无限飘落的树叶。

④ 客：旅人。

⑤ 百年：此处指人的一生。

⑥ 繁霜鬓：头发如霜打了一般白。"鬓",耳际的头发。

⑦ 新停：最近必须停止。

出处：

数研出版《改订版国语综合古典编》(高中)

三省堂《高中国语综合古典编改订版》(高中)

数研出版《高中国语综合》(高中)

数研出版《改订版高中国语综合》(高中)

三省堂《古典 A》(高中)

东京书籍《精选古典 B 汉文编》

筑摩书房《古典 B 汉文编改订版》(高中)

桐原书店《新探求古典 B 汉文编》(高中)

教育出版《精选古典 B 汉文编》(高中)

东京书籍《精选古典 B 新版》(高中)

文英堂《古典 B》(高中)

东京书籍《新编古典 B》(高中)

大修馆《精选古典 B 改订版》(高中)

教育出版《古典 B》(高中)

江　村①

杜　甫

清江一曲抱村流　　长夏②江村事事幽
自去自来堂上燕　　相亲相近水中鸥
老妻画纸为棋局③　　稚子敲针作钓钩
多病所须惟药物④　　微躯⑤此外更何求

（《杜工部集》）

注：

① 江村：今四川省成都市浣花溪旁的村子。
② 长夏：白昼长的夏天。阴历六月份。

编者注：自去自来堂上燕，"来"，《全唐诗》：一作"归"。"堂"，《全唐诗》：一作"梁"。

③ 棋局：棋盘。
④ 多病所须惟药物："惟"，也作"唯"。

编者注：《全唐诗》一作"但有故人供禄米，'供'，一作'分'"。

⑤ 微躯：微不足道的自己。"微"，卑微。

出处：

第一学习社《高中改订版古典B汉文编》（高中）

第一学习社《高中改订版古典B》（高中）

秋 兴

杜 甫

玉露凋伤枫树林① 巫山巫峡②气萧森③
江间波浪兼天涌④ 塞上风云接地阴
丛菊两开他日泪⑤ 孤舟一系故园心⑥
寒衣处处催刀尺⑦ 白帝城⑧高急暮砧⑨

(《唐诗选》)

注：

① 玉露凋伤枫树林：玉一样的白露令枫林枯萎。"枫"指的是与枫树相似的秋天树叶会变红的树木。

② 巫山巫峡：重庆市奉节县东边的山和峡谷名。"巫峡"是长江三峡之一。

③ 气萧森：秋天此处弥漫着令身体紧绷的空气。

④ 波浪兼天涌：波涛汹涌，似乎要达到天际。

⑤ 两开他日泪：(菊花)两度开放，因回忆往日而流泪。

⑥ 一系故园心：一个劲儿地思念故乡。

⑦ 寒衣处处催刀尺：到了做冬衣的时候了，到处都在赶制新衣服。

⑧　白帝城:位于奉节县东山的城镇。

⑨　急暮砧:黄昏时急促的捣衣声。"砧",捣衣石。

出处:
  大修馆《新编古典B改订版》(高中)

蜀　相①

杜　甫

丞相祠堂②何处寻　锦官城③外柏森森
映阶碧草自春色　隔叶黄鹂空好音
三顾频繁天下计　两朝④开济⑤老臣心
出师未捷身先死　长使英雄泪满襟

(《杜工部集》)

注：

① 蜀相：蜀国丞相诸葛亮。
② 祠堂：位于成都城郊外的祭祀诸葛亮的武侯庙。
③ 锦官城：成都的别名。因设有管理蜀地名产蜀锦的官衙而得名。
④ 两朝：诸葛亮出仕的两个皇帝，刘备及其子刘禅。
⑤ 开济：建立和运营蜀国。

出处：

教育出版《古典文学选古典A》(高中)

寄李儋元锡①

韦应物

去年花里逢君别　　今日花开已一年
世事茫茫难自料　　春愁黯黯独成眠
身多疾病思田里②　　邑③有流亡④愧俸钱⑤
闻道欲来相问讯　　西楼⑥望月几回圆

（《唐诗三百首》）

注：

① 李儋元锡：李儋和元锡两人都是作者的友人。

编者注：已一年，《唐诗三百首》也作"又一年"。《韦苏州集》（《唐五十家诗集》所收）作"已半年"。

② 田里：故乡。

③ 邑：任地的城市。此时作者任滁州（现在的安徽省滁州市）刺史（行政长官）。

④ 流亡：失去土地和工作，离开故乡流浪的难民。

⑤ 俸钱：俸禄，工资。

⑥ 西楼：滁州城西边的楼。

出处：
数研出版《改订版古典B汉文编》(高中)

八月十五日夜,禁中①独直,对月忆元九②

白居易

银台③金阙④夕沉沉　独宿相思在翰林⑤
三五夜中新月色　二千里外故人心
渚宫⑥东面烟波冷　浴殿⑦西头钟漏⑧深
犹恐清光不同见　江陵⑨卑湿足秋阴⑩

（《白氏文集》）

注：

① 禁中:宫中。
② 元九:元稹。
③ 银台:宫门名。银台门。北边有翰林院。
④ 金阙:"阙",宫城门。"金",美称。
⑤ 翰林:翰林院。拟定天子诏敕的部门。
⑥ 渚宫:春秋时代楚国的宫殿名。
⑦ 浴殿:宫殿名。宫中的浴室。浴堂殿。
⑧ 钟漏:报时的漏刻的声音。
⑨ 江陵:现在的湖北省荆州市。

⑩ 足秋阴:秋季阴天很多。

出处:

桐原书店《新探求国语综合古典编》(高中)

数研出版《改订版国语综合古典编》(高中)

第一学习社《高中改订版国语综合》(高中)

筑摩书房《精选国语综合古典编改订版》(高中)

明治书院《新精选国语综合古典编》(高中)

明治书院《新高中国语综合》(高中)

数研出版《高中国语综合》(高中)

筑摩书房《国语综合改订版》(高中)

数研出版《改订版高中国语综合》(高中)

三省堂《高中古典B汉文编改订版》(高中)

三省堂《精选古典B改订版》(高中)

香炉峰下新卜山居,草堂初成,偶题东壁①

白居易

日高睡足犹慵起　　小阁②重衾③不怕寒
遗爱寺④钟欹枕⑤听　香炉峰⑥雪拨帘看
匡庐⑦便是逃名⑧地　司马⑨仍为送老官
心泰身宁是归处⑩　　故乡何独在长安

(《白氏文集》《白氏长庆集》)

注:

① 五首连作第四首。有的版本只有第一首是该诗题,其余四首为"重题"。题名也作"香炉峰下、新卜山居、草堂初成、偶题东壁"或"香炉峰下新卜山居草堂初成偶题东壁"。

② 小阁:小小的房子。

③ 衾:被子。

④ 遗爱寺:香炉峰北边的寺院。

⑤ 欹枕:把枕头稍微斜一点。

⑥ 香炉峰:庐山北侧的山峰,形似香炉。

⑦ 匡庐:庐山的别名。

⑧ 逃名:躲避世俗的名声。

⑨ 司马:州长官的佐官。没有实际执掌的闲职。

⑩ 归处:安居之地。

出处：

  教育出版《精选国语综合古典编》(高中)

  大修馆《国语综合改订版古典编》(高中)

  三省堂《高中国语综合古典编改订版》(高中)

  东京书籍《国语综合古典编》(高中)

  第一学习社《高中改订版标准国语综合》(高中)

  教育出版《新编国语综合》(高中)

  三省堂《明解国语综合改订版》(高中)

  教育出版《国语综合》(高中)

  第一学习社《高中改订版新编国语综合》(高中)

  三省堂《精选国语综合改订版》(高中)

  右文书院《说话　随笔　故事·小话　汉诗　史话》(高中)

  明治书院《新精选古典B汉文编》(高中)

  东京书籍《新编古典B》(高中)

咸阳城东楼①

许　浑

一上高城万里愁　　蒹葭②杨柳似汀洲③
溪云初起日沉阁　　山雨欲来风满楼
鸟下绿芜④秦苑⑤夕　蝉鸣黄叶汉宫⑥秋
行人⑦莫问当年事　　故国⑧东来渭水⑨流

（《三体诗》）

注：

① 咸阳城东楼：咸阳（现在的陕西省咸阳市）东城墙上的高楼。咸阳本是秦王朝的首都，不过在唐朝时已经很荒凉了。

编者注：关于诗名，《全唐诗》一作"咸阳城西楼晚眺"，一作"西门"，《文苑英华》作"咸阳城西楼晚眺"。

② 蒹葭：生长在河边的荻和芦苇类植物。

③ 汀洲：水边平坦的沙地。

④ 绿芜：绿色的杂草丛生的荒地。

⑤ 秦苑：秦朝宫殿宽广的庭园。

⑥ 汉宫：汉代的宫殿。

⑦ 行人:旅人。
⑧ 故国:故都。此处指秦汉古都咸阳一带。
⑨ 渭水:河流名。渭河。

出处:

大修馆《古典A物语选改订版》(高中)
大修馆《古典B改订版汉文编》(高中)
筑摩书房《古典B汉文编改订版》(高中)
文英堂《古典B》(高中)
大修馆《精选古典B改订版》(高中)

游山西村①

陆　游

莫笑农家腊酒浑②　　丰年留客足鸡豚
山重水复③疑无路　　柳暗花明又一村
箫鼓追随④春社⑤近　　衣冠简朴古风存
从今若许闲乘月⑥　　拄杖无时⑦夜叩门

（《剑南诗稿》《宋诗选注》）

注：

① 山西村：山的西边的村子。"山"指的是浙江省绍兴市镜湖畔的三山。作者在该山的山麓处隐居。

② 腊酒浑：十二月酿的酒还很浊。"腊"，十二月。

③ 山重水复：山连山，水连水，地形复杂。

④ 箫鼓追随：笛子和大鼓的声音此起彼伏。

⑤ 春社：祈祷丰收的春祭。

⑥ 闲乘月：悠悠闲闲地凭着月光来到。

⑦ 无时：不定时。

出处：

第一学习社《高中改订版标准古典A物语选》(高中)

明治书院《新精选古典B汉文编》(高中)

大修馆《古典B改订版汉文编》(高中)

三省堂《高中古典B汉文编改订版》(高中)

明治书院《新高中古典B》(高中)

第一学习社《高中改订版标准古典B》(高中)

三省堂《精选古典B改订版》(高中)

第 五 辑

古 体 诗

硕 鼠①

硕鼠硕鼠　　无食我黍
三岁贯女②　莫我肯顾③
逝将去女　　适彼乐土
乐土乐土　　爰④得我所⑤

硕鼠硕鼠　　无食我麦
三岁贯女　　莫我肯德
逝将去女　　适彼乐国
乐国乐国　　爰得我直⑥

硕鼠硕鼠　　无食我苗
三岁贯女　　莫我肯劳
逝将去女　　适彼乐郊⑦
乐郊乐郊　　谁之永号⑧

(《诗经》)

注：

① 硕鼠:大老鼠。
② 女:此处与"汝"意思相同。
③ 莫我肯顾:没有照顾我。
④ 爰:此处是调整语气的助词。
⑤ 我所:自己的安居之地。
⑥ 我直:自己能够好好生活的地方。
⑦ 乐郊:幸福的村庄。
⑧ 谁之永号:谁一直在哭呢?"之",表示强调的助词。

出处：

东京书籍《精选古典B汉文编》(高中)

桃　夭

桃之夭夭① 灼灼②其华
之子于归③ 宜其室家④

桃之夭夭　　有蕡⑤其实
之子于归　　宜其家室⑥

桃之夭夭　　其叶蓁蓁⑦
之子于归　　宜其家人

（《诗经》）

注：

① 夭夭:轻柔的样子。
② 灼灼:鲜花盛开的样子。
③ 于归:嫁人。"于",调整语气的助词。
④ 室家:婆家。
⑤ 蕡:果实十分饱满,将要裂开的样子。
⑥ 家室:同"室家"。

⑦ 蓁蓁:叶子繁盛的样子。

出处:

右文书院《说话　随笔　故事·小话　汉诗　史话》(高中)

大修馆《古典A物语选改订版》(高中)

明治书院《新精选古典B汉文编》(高中)

大修馆《古典B改订版汉文编》(高中)

东京书籍《精选古典B汉文编》(高中)

筑摩书房《古典B汉文编改订版》(高中)

桐原书店《新探求古典B汉文编》(高中)

数研出版《改订版古典B汉文编》(高中)

教育出版《精选古典B汉文编》(高中)

三省堂《高中古典B汉文编改订版》(高中)

明治书院《新高中古典B》(高中)

大修馆《新编古典B改订版》(高中)

教育出版《新编古典B迈向语言的世界》(高中)

东京书籍《精选古典B新版》(高中)

文英堂《古典B》(高中)

东京书籍《新编古典B》(高中)

三省堂《精选古典B改订版》(高中)

大修馆《精选古典B改订版》(高中)

教育出版《古典B》(高中)

陟 岵①

陟彼岵兮　　瞻望②父兮
父曰嗟予子　行役③夙夜无已④
上慎旃⑤哉　　犹来无止

陟彼屺⑥兮　　瞻望母兮
母曰嗟予季⑦　行役夙夜无寐
上慎旃哉　　犹来无弃

陟彼冈⑧兮　　瞻望兄兮
兄曰嗟予弟　行役夙夜必偕⑨
上慎旃哉　　犹来无死

(《诗经》)

注：

① 陟岵："陟"，登。"岵"，草木不生的山。
② 瞻望：远远地望着。

③ 行役：作为士兵去边境战场。

④ 已：懈怠。

⑤ 旃：与"之"意思相同。

⑥ 屺：草木丛生的山。

⑦ 季：小儿子。

⑧ 冈：山背。

⑨ 偕：和伙伴一起行动。

编者注：日本国语教科书关于"岵"和"屺"的理解与国内的出入很大。国内通常将该诗中的"岵"解释为"多（或者有）草木的山"，将"屺"理解为"没有草木的山"。这是因为国内采用的是《说文》的解释"岵，山有草木也。屺，山无草木也"，或者《尔雅·释山》的解释"山多草木，岵；无草木，屺"。而日本国语教科书采用的是吉川幸次郎（1904—1980）的观点。吉川幸次郎在1958年注释《诗经·国风》时，引用《毛传》的观点认为"山无草木曰岵"，"山有草木曰屺"，并且补充了《尔雅》与此相反的解释，不过在译文中依然采用了《毛传》的观点。[1] 村山吉广也认为"没有草木的山为'岵'，有草木的山为'屺'"[2]。

出处：

三省堂《高中古典B汉文编改订版》（高中）

三省堂《精选古典B改订版》（高中）

---

[1] 吉川幸次郎：《诗经·国风（下）》，东京：岩波书店，1958年，第132—134页。

[2] 村山吉广：《诗经的鉴赏》，东京：二玄社，2005年，第79—80页。

子　衿

青青子衿　　悠悠①我心
纵我不往　　子宁不嗣音②
青青子佩③　　悠悠我思
纵我不往　　子宁不来
挑兮达兮④　　在城阙⑤兮
一日不见　　如三月兮

（《诗经》）

注：

① 悠悠:持续思念。
② 嗣音:持续传音讯。
③ 佩:把玉挂在腰上的绳子。
④ 挑兮达兮:"挑""达"都是轻率、随意的样子。
⑤ 城阙:城市的入口。

出处：

第一学习社《高中改订版标准古典B》(高中)

迢迢①牵牛星②

迢迢牵牛星　　皎皎③河汉女④
纤纤⑤擢素手⑥　札札⑦弄机杼⑧
终日不成章⑨　泣涕零如雨
河汉清且浅　　相去复几许
盈盈⑩一水间　脉脉⑪不得语

(《文选》)

注：

① 迢迢：很远的样子。

② 牵牛星：传说牵牛星在阴历七月七日夜跨过天河与织女星相会。

编者注：牵牛星，在日本被称作"彦星"。

③ 皎皎：闪着白光的样子。

④ 河汉女："河汉"是天河，"女"指的是织女星。

编者注：河汉女，在日本被叫作"织姬"。

⑤ 纤纤：细细的样子。

⑥ 素手：白白嫩嫩的手。

⑦ 札札：织布的声音。
⑧ 机杼："机"，织布机。"杼"，织布的梭子。
⑨ 章：花纹。
⑩ 盈盈：水很清澈的样子。
⑪ 脉脉：一直盯着看的样子。

出处：

　　数研出版《改订版古典B汉文编》(高中)

行行重行行①

行行重行行　　与君②生别离
相去万余里　　各在天一涯
道路阻且长　　会面安可知
胡马依北风　　越鸟巢南枝
相去日已远　　衣带日已缓
浮云蔽白日③　游子④不顾返
思君令人老　　岁月忽已晚
弃捐勿复道　　努力加餐饭⑤

（《文选》）

注：

① 题名也作《行行重行行　古诗十九首》。"行行重行行"，走啊走。

② 君：你。此处指妻子称呼丈夫。

③ 白日：太阳。

④ 游子：旅人。

⑤ 加餐饭:多吃点饭,保重身体。因为"相去日已远　衣带日已缓",衣带见长,说明瘦了。

出处:

　　大修馆《古典B改订版汉文编》(高中)

　　东京书籍《精选古典B汉文编》(高中)

　　第一学习社《高中改订版古典B汉文编》(高中)

　　桐原书店《新探求古典B汉文编》(高中)

　　教育出版《精选古典B汉文编》(高中)

　　三省堂《高中古典B汉文编改订版》(高中)

　　教育出版《新编古典B迈向语言的世界》(高中)

　　东京书籍《精选古典B新版》(高中)

　　第一学习社《高中改订版古典B》(高中)

　　大修馆《精选古典B改订版》(高中)

　　教育出版《古典B》(高中)

生年①不满百　古诗十九首

生年不满百　　常怀千岁忧
昼短苦夜长　　何不秉烛②游
为乐当及时　　何能待来兹③
愚者爱惜费　　但为后世嗤
仙人王子乔④　　难可与等期

(《文选》)

注：

① 生年：人的寿命。
② 秉烛：拿着蜡烛。
③ 来兹：来年。"兹"，年。
④ 王子乔：周灵王太子晋。据说学了仙术，成了仙人。也叫王乔。

出处：

三省堂《高中古典B汉文编改订版》(高中)
三省堂《精选古典B改订版》(高中)

上　邪①

　　　　　上邪
我欲与君相知　　长命②无绝衰
山无陵③　　　　江水为竭
冬雷震震④　　　夏雨雪
天地合　　　　　乃⑤敢与君绝

　　　　　　　　　（《乐府诗集》）

注：

① 《上邪》:前汉(西汉)乐府之一。乐府是当时的民谣。"上邪"是"天呀"之意。发誓的词语。

② 长命:只要活着。

③ 山无陵:高山崩溃成平地。

④ 震震:雷声隆隆向远处传播的样子。

⑤ 乃:正是这时。

出处：

东京书籍《新编古典B》(高中)

秋 风 辞

汉武帝

上①行幸河东②,祠后土③。顾视帝京④欣然。中流与群臣饮燕⑤。上欢甚。乃自作《秋风辞》曰:

秋风起兮白云飞　　草木黄落兮雁南归
兰有秀兮菊有芳　　怀佳人⑥兮不能忘
泛楼船兮济⑦汾河⑧　横中流兮扬素波⑨
箫鼓⑩鸣兮发棹歌⑪　欢乐极兮哀情多
少壮几时兮奈老何

(《古文真宝》)

注:

① 上:对皇帝的敬称。此处指汉武帝刘彻。
② 河东:黄河以东。指现在的山西省一带。
③ 后土:(与天相对的)地神。为祈祷丰年而祭祀。
④ 帝京:汉的都城长安。

⑤ 饮燕：设宴饮酒。"燕"同"宴"。
⑥ 佳人：美女。一说贤臣。
⑦ 济：此处与"渡"意思相同。
⑧ 汾河：流进山西省太原市附近汇入黄河的河流。
⑨ 素波：白色的波涛。
⑩ 箫鼓：管乐器和打击乐器。
⑪ 棹歌：船歌。船夫一边划桨一边唱的歌。

编者注：本诗有的教材未收录引言部分。

出处：

筑摩书房《古典B汉文编改订版》（高中）

三省堂《高中古典B汉文编改订版》（高中）

三省堂《精选古典B改订版》（高中）

七 步 诗①

曹 植

煮豆持作羹　　漉豉②以为汁
萁在釜下然③　　豆在釜中泣
本自同根生　　相煎何太急

(《世说新语》)

注：

① 曹植才思敏捷,能诗善文,甚为其兄曹丕所妒。

编者注:曹植在与曹丕争夺曹操继承权的斗争中失败。曹丕即位后,据《世说新语·文学》记载:"文帝(曹丕)尝令东阿王(曹植)七步中作诗,不成者行大法(杀),应声便为诗……帝深有惭色。"《七步诗》,别名"漉菽"。

② 豉:也作"菽"。

③ 然:同"燃"。

出处：
　　桐原书店《新探求古典B汉文编》(高中)
　　第一学习社《高中改订版标准古典B》(高中)

野田黄雀行①

曹　植

高树多悲风　　海水扬其波
利剑不在掌　　结友何须多
不见②篱间雀　　见鹞③自投罗
罗家④得雀喜　　少年见雀悲
拔剑捎⑤罗网　　黄雀得飞飞
飞飞磨⑥苍天　　来下谢少年

(《乐府诗集》《古诗源》)

注：

① 《野田黄雀行》：乐府题之一。"黄雀"，雀的一种。"行"，歌。
② 不见：请看。
③ 鹞：鹰的一种。
④ 罗家：结网的人。"家"，此处是人的意思。
⑤ 捎：割开。
⑥ 磨：也作"摩"。直逼。到达。

出处：

  东京书籍《精选古典B汉文编》（高中）

  明治书院《新高中古典B》（高中）

  东京书籍《精选古典B新版》（高中）

饮 酒①

陶 潜

结庐在人境　而无车马喧
问君何能尔　心远地自偏
采菊东篱下　悠然见南山②
山气③日夕佳　飞鸟相与还
此中有真意④　欲辨⑤已忘言

(《陶渊明集》)

注：

① 题名也作《饮酒　其五》。"饮酒",诗题。"饮酒"是有着二十首诗的连作,该诗是其第五首。

② 南山:庐山。

③ 山气:山的风韵、景象。

④ 真意:宇宙和人的真相。与自然一体的境界。

⑤ 辨:(用语言)说明。

出处：

明治书院《新精选古典B汉文编》（高中）

大修馆《古典B改订版汉文编》（高中）

东京书籍《精选古典B汉文编》（高中）

筑摩书房《古典B汉文编改订版》（高中）

教育出版《精选古典B汉文编》（高中）

三省堂《高中古典B汉文编改订版》（高中）

大修馆《新编古典B改订版》（高中）

教育出版《新编古典B迈向语言的世界》（高中）

东京书籍《精选古典B新版》（高中）

东京书籍《新编古典B》（高中）

三省堂《精选古典B改订版》（高中）

大修馆《精选古典B改订版》（高中）

教育出版《古典B》（高中）

杂 诗

陶 潜

人生无根蒂①　飘如陌②上尘
分散逐风转　此已非常身
落地③为兄弟　何必骨肉亲
得欢当作乐　斗酒④聚比邻⑤
盛年不重来　一日难再晨
及时当勉励　岁月不待人

(《陶渊明集》)

注：

① 根蒂:植物的根和果实的蒂。
② 陌:田间小道。
③ 落地:诞生。
④ 斗酒:很多酒。
⑤ 比邻:邻近的很多人。

出处：
第一学习社《高中改订版标准古典B》(高中)

责　子

陶　潜

白发被两鬓　　肌肤不复实
虽有五男儿　　总不好纸笔
阿舒①已二八　　懒惰故无匹
阿宣②行志学③　而不爱文术
雍端④年十三　　不识六与七
通子⑤垂九龄　　但觅梨与栗
天运苟如此　　且进杯中物⑥

(《陶渊明集》)

注：

① 阿舒："舒"，陶渊明长子陶俨的乳名。"阿"，爱称。
② 阿宣：次子陶俟的乳名。
③ 志学：十五岁。来源于《论语·为政》"十五有志于学"。
④ 雍端：三子陶份、陶佚的乳名。
⑤ 通子：五子陶佟的乳名。"子"，爱称。

⑥ 杯中物:酒。

出处:

第一学习社《高中改订版古典B汉文编》(高中)

第一学习社《高中改订版古典B》(高中)

敕 勒 歌①

斛律金②

敕勒川③　　阴山④下
天似穹庐⑤　笼盖四野
天苍苍⑥　　野茫茫⑦
风吹草低见牛羊

（《古诗源》《古诗赏析》）

注：

① 《敕勒歌》：居住在今甘肃省、内蒙古自治区一带的敕勒族的民谣。据说是六朝北齐时代的作品。

② 作者也作"无名氏"。

③ 敕勒川：敕勒族游牧的草原。"川"，此处指山与山之间的平地。

④ 阴山：阴山山脉。绵延于内蒙古自治区中部的山脉。

⑤ 穹庐：牧民居住的带有半圆形屋顶的帐篷。

⑥ 苍苍：无边无际的蓝。

⑦ 茫茫：无边无际的大。

出处：

　　明治书院《新精选古典B汉文编》（高中）

　　桐原书店《新探求古典B汉文编》（高中）

　　明治书院《新高中古典B》（高中）

　　文英堂《古典B》（高中）

代悲白头翁

刘廷芝

洛阳①城东桃李花　　飞来飞去落谁家
洛阳女儿惜颜色②　　行逢落花长叹息
今年花落颜色改　　明年花开复谁在
已见松柏摧为薪　　更闻桑田变成海
古人无复洛城东　　今人还对落花风
年年岁岁花相似　　岁岁年年人不同
寄言全盛红颜子　　应怜③半死白头翁
此翁白头真可怜　　伊昔红颜美少年
公子王孙芳树下　　清歌妙舞落花前
光禄池台④开锦绣⑤　　将军楼阁画神仙⑥
一朝卧病无相识　　三春⑦行乐在谁边
宛转蛾眉⑧能几时　　须臾鹤发⑨乱如丝
但看古来歌舞地　　惟有黄昏鸟雀悲

（《唐诗选》）

注：

① 洛阳：唐朝的东都，现在的河南省洛阳市。

编者注：东，《文苑英华》作"中"。

② 颜色：容颜，姿色。

编者注：行逢，《全唐诗》也作"坐见"。

③ 应怜：请可怜。

④ 光禄池台：西汉光禄勋（高官，九卿之一）王根建造的豪华池塘和高台。

⑤ 开锦绣：展开美丽的丝绸制品。指举行豪华的宴会。"开"，也作"文"。

⑥ 将军楼阁画神仙："将军"，东汉大将军梁冀（？—159）。梁冀建造豪华的府邸，作为装饰，在窗户上绘制神仙画像。

⑦ 三春：阴历春天的三个月。孟春（一月）、仲春（二月）、季春（三月）。

⑧ 宛转蛾眉：有着细细的美丽曲线的眉毛。

⑨ 鹤发：像仙鹤羽毛那样的白发。

编者注：诗题《全唐诗》也作"白头吟"。"白头吟"为乐府题。作者也作"刘希夷""刘庭芝"，其实是同一个人。

出处：

　　大修馆《国语综合改订版古典编》（高中）

　　数研出版《改订版古典B汉文编》（高中）

　　教育出版《精选古典B汉文编》（高中）

163

送　别

王　维

下马饮君酒①　问君何所之
君言不得意　归卧南山②陲
但去莫复问　白云无尽时

（《唐诗选》）

注：

① 下马饮君酒：离别之际设酒宴是当时的风俗。
② 南山：终南山（位于现在的陕西省西安市南，著名隐居地）。

出处：

筑摩书房《古典B汉文编改订版》（高中）

把酒问月

李 白

青天①有月来几时　　我今停杯一问之
人攀明月不可得　　　月行却与人相随
皎②如飞镜临丹阙③　　绿烟灭尽清辉发
但见宵从海上来　　　宁知晓向云间没
白兔捣药秋复春　　　姮娥④孤栖与谁邻
今人不见古时月　　　今月曾经照古人
古人今人若流水　　　共看明月皆如此
唯愿当歌对酒时　　　月光长照金樽⑤里

(《古文真宝》)

注:

① 青天:天空。此处指深蓝色的夜空。
② 皎:明亮的样子。
③ 丹阙:宫城的红色大门。
④ 姮娥:传说中住在月亮上的美女名。据说偷吃了丈夫从西

王母处获得的长生不老药,成了仙女,逃到了月亮上。

⑤　金樽:酒桶的美称。

出处:
　　三省堂《高中古典B汉文编改订版》(高中)

月下独酌

李　白

花间一壶酒　　独酌无相亲①
举杯邀明月　　对影成三人
月既不解②饮　　影徒随我身
暂伴月将③影　　行乐须及春④
我歌月徘徊　　我舞影零乱
醒时同交欢　　醉后各分散
永结无情游⑤　　相期⑥邈云汉⑦

（《唐诗三百首》《李太白集》）

注：

① 相亲：亲密的朋友。此处指一起喝酒的伙伴。
② 不解：不能。表示不可能。
③ 将：同"与"，表示并列。
④ 及春：春天里。
⑤ 无情游：超越世俗的交往。

⑥ 相期:约定下次聚会。
⑦ 邈云汉:在遥远的天河上。

出处:
东京书籍《精选古典B汉文编》(高中)
桐原书店《新探求古典B汉文编》(高中)
教育出版《精选古典B汉文编》(高中)
东京书籍《精选古典B新版》(高中)

子夜吴歌①

李 白

长安②一片月　万户捣衣③声
秋风吹不尽　总是玉关情④
何日平胡虏⑤　良人⑥罢远征

(《唐诗选》《唐诗三百首》《李太白集》)

注:

① 《子夜吴歌》:原本是吴地(长江下游地带)流行的民谣。据说为东晋时一个叫子夜的女性所始唱。李白模仿该民谣创作了《子夜吴歌》。

编者注:诗题《全唐诗》作"子夜吴歌四首　其三"。

② 长安:唐朝的首都。现在的陕西省西安市。

③ 捣衣:为了使布柔软且有光泽,将其放在砧(捣衣石)上用木杵捶打。

④ 玉关情:想念戍守玉门关(现在甘肃省敦煌市西北一带)的丈夫的心情。

⑤ 胡虏:北方少数民族。这里指匈奴。

编者注:实际上此时匈奴早就不存在了。

⑥ 良人:丈夫。

出处：

右文书院《说话　随笔　故事·小话　汉诗　史话》（高中）

明治书院《新精选古典B汉文编》（高中）

大修馆《古典B改订版汉文编》（高中）

数研出版《改订版古典B汉文编》（高中）

明治书院《新高中古典B》（高中）

大修馆《新编古典B改订版》（高中）

教育出版《新编古典B迈向语言的世界》（高中）

东京书籍《新编古典B》（高中）

三省堂《精选古典B改订版》（高中）

大修馆《精选古典B改订版》（高中）

教育出版《古典B》（高中）

兵车行①

杜 甫

车辚辚　马萧萧　　行人②弓箭各在腰
耶娘③妻子走相送　尘埃不见咸阳桥④
牵衣顿足拦道哭　　哭声直上干云霄
道旁⑤过者问行人　行人但云点行⑥频
或从十五北防河　　便至四十西营田⑦
去时里正⑧与裹头⑨　归来头白还戍边
边庭流血成海水　　武皇⑩开边意未已
君不闻汉家山东二百州　千村万落生荆杞⑪
纵有健妇把锄犁　　禾生陇亩无东西
况复秦兵⑫耐苦战　被驱不异犬与鸡
长者虽有问　　　　役夫敢申⑬恨
且如今年冬　　　　未休关西卒⑭
县官急索租　　　　租税从何出
信知生男恶　　　　反是生女好
生女犹得嫁比邻　　生男埋没随百草

君不见青海⑮头　　古来白骨无人收

新鬼⑯烦冤旧鬼哭　天阴雨湿声啾啾

(《唐诗三百首》《古文真宝》)

注：

① 《兵车行》:战车之歌。"行",歌。

② 行人:此处指赶赴战场的士兵。

③ 耶娘:"娘"也作"孃"。当时称呼父母的俗语。

④ 咸阳桥:长安城北渭水上的桥。

⑤ 旁:也作"傍"。

⑥ 点行:征兵。

⑦ 营田:当屯田兵(平时耕作,战时出征)。

⑧ 里正:村长。唐朝以百户为一里,其长称里正。

⑨ 裹头:当时有男子成人(达到二十岁)后,用黑布包头的风俗。

⑩ 武皇:汉武帝。暗指唐玄宗。下一句的"汉家"暗指唐朝。

⑪ 荆杞:荆棘和枸杞。都是生长在荒地上的杂木。

⑫ 秦兵:秦地(现在的陕西)出身的士兵。自古以来,此地出勇士。

⑬ 申:也作"伸"。

⑭ 关西卒:函谷关以西出身的士兵。

⑮ 青海:青海湖。在现在的青海省东部。

⑯ 新鬼:刚战死的士兵的亡灵。

出处：

  桐原书店《新探求古典B汉文编》(高中)

  数研出版《改订版古典B汉文编》(高中)

  三省堂《高中古典B汉文编改订版》(高中)

  明治书院《新高中古典B》(高中)

  三省堂《精选古典B改订版》(高中)

梦 李 白①

杜 甫

死别已吞声②　生别常恻恻③
江南瘴疠④地　逐客⑤无消息
故人入我梦　明我长相忆
恐非平生魂　路远不可测
魂来枫林⑥青　魂返关塞⑦黑
君今在罗网⑧　何以有羽翼
落月满屋梁　犹疑照颜色
水深波浪阔　无使蛟龙⑨得

（《唐诗三百首》）

注：

① 李白因参加永王璘（唐玄宗第十六子）的幕府，而永王背叛了朝廷，因此在永王死后，李白被以叛逆罪流放夜郎（今贵州省桐梓县附近）。李白在赴流放地途中遇赦，但是杜甫并不知道这个消息，作了两首诗，这是其中之一。

② 吞声:强忍哭声,抽泣。

③ 恻恻:心痛的样子。

④ 瘴疠:因湿热毒气而生的地方病,疟疾等。

⑤ 逐客:被流放的人。

⑥ 枫林:枫树林。指李白所在的江南。

⑦ 关塞:国境的要塞。指杜甫所在的秦州(现在的甘肃省天水市)。

⑧ 罗网:捕鸟的网。指李白成了罪人。

⑨ 蛟龙:暗指加害李白的人。

出处:

东京书籍《精选古典B汉文编》(高中)

石壕①吏

杜 甫

暮投石壕村　　有吏夜捉人
老翁逾墙走　　老妇出门看
吏呼一何怒　　妇啼一何苦
听妇前致词　　三男邺城②戍
一男附书至　　二男新战死
存者且偷生　　死者长已矣
室中更无人　　惟有乳下孙
有孙③母未去　　出入无完裙
老妪力虽衰　　请从吏夜归
急应河阳④役　　犹得备晨炊
夜久语声绝　　如闻泣幽咽
天明登前途　　独与老翁别

(《杜工部集》)

注：
① 石壕：位于现在河南省三门峡市陕县的村子。
② 邺城：位于现在的河南省安阳市的城市。
③ 有孙：也作"孙有"。
④ 河阳役：在河阳的劳役。"河阳"，现在的河南省孟州市。

出处：

大修馆《古典A物语选改订版》（高中）

大修馆《古典B改订版汉文编》（高中）

东京书籍《精选古典B汉文编》（高中）

第一学习社《高中改订版古典B汉文编》（高中）

筑摩书房《古典B汉文编改订版》（高中）

教育出版《精选古典B汉文编》（高中）

大修馆《新编古典B改订版》（高中）

东京书籍《精选古典B新版》（高中）

第一学习社《高中改订版古典B》（高中）

大修馆《精选古典B改订版》（高中）

教育出版《古典B》（高中）

赠卫八处士①

杜 甫

人生不相见　　动如参②与商③
今夕复何夕　　共此灯烛光
少壮能几时　　鬓发各已苍④
访旧⑤半为鬼⑥　惊呼热中肠
焉知二十载　　重上君子堂
昔别君未婚　　儿女忽成行
怡然敬父执⑦　问我来何方
问答未乃已　　驱儿罗酒浆
夜雨剪春韭　　新炊间黄粱⑧
主称会面难　　一举累十觞
十觞亦不醉　　感子故意⑨长
明日隔山岳　　世事两茫茫

（《唐诗三百首》）

注：

① 卫八处士：作者的友人。"八"是排行。"处士"，没有仕官的民间人士。

② 参：猎户座中间的三颗星。

③ 商：天蝎座的心宿二。"参"和"商"不会同时出现在夜空中。

④ 苍：半白。

⑤ 访旧：打听老友的消息。

⑥ 鬼：死者。

⑦ 父执：父亲的友人。

⑧ 黄粱：黄色的粟。上等谷物。

⑨ 故意：很久以来的不变的友谊。

出处：

明治书院《新精选古典B汉文编》（高中）

胡笳歌　送颜真卿①使赴河陇②

岑　参

君不闻胡笳③声最悲　　紫髯绿眼胡人吹
吹之一曲犹未了　　　　愁杀④楼兰⑤征戍儿⑥
凉秋八月萧关⑦道　　　北风吹断天山⑧草
昆仑⑨山南月欲斜　　　胡人向月吹胡笳
胡笳怨兮将送君　　　　秦山⑩遥望陇山⑪云
边城夜夜多愁梦　　　　向月胡笳谁喜闻

（《唐诗选》）

注：

① 颜真卿(709—785)，唐代政治家，书法家。安史之乱时，为大唐奋战。
② 河陇：河西和陇右。现在的甘肃省中部。
③ 胡笳：西域的异民族卷芦苇叶制成的笛子。
④ 愁杀：忧愁。"杀"，加强语气的助词。
⑤ 楼兰：位于天山山脉南边的国名。

⑥ 征戍儿：守卫边境的士兵。"戍"，保卫。
⑦ 萧关：位于宁夏回族自治区固原市东南的关所。
⑧ 天山：天山山脉。在现在的新疆维吾尔自治区。
⑨ 昆仑：昆仑山脉。位于现在的青海省。
⑩ 秦山：长安南部的连绵山脉，同"终南山"。
⑪ 陇山：连接现在的陕西省、甘肃省、宁夏回族自治区的山脉。

出处：

教育出版《古典B》(高中)

游子①吟

孟 郊

慈母手中线　　游子身上衣
临行密密缝　　意恐迟迟归
谁言寸草②心　　报得三春③晖

(《唐诗三百首》)

注：

① 游子：旅人。
② 寸草：一寸左右的短草。
③ 三春：春季的三个月。

出处：

第一学习社《高中改订版标准古典B》(高中)

长 恨 歌

白居易

汉皇①重色思倾国　御宇②多年求不得
杨家有女初长成　养在深闺人未识
天生丽质难自弃　一朝选在君王侧
回眸一笑百媚生　六宫粉黛无颜色
春寒赐浴华清池③　温泉水滑洗凝脂
侍儿扶起娇无力　始是新承恩泽时
云鬓花颜金步摇　芙蓉帐暖度春宵
春宵苦短日高起　从此君王不早朝
承欢侍宴无闲暇　春从春游夜专夜
后宫佳丽三千人　三千宠爱在一身
金屋妆成娇侍夜　玉楼宴罢醉和春
姊妹弟兄皆列土④　可怜光彩生门户
遂令天下父母心　不重生男重生女
骊宫⑤高处入青云　仙乐风飘处处闻
缓歌缦⑥舞凝丝竹　尽日君王看不足
渔阳⑦鼙⑧鼓动地来　惊破霓裳羽衣曲

九重城阙烟尘生
翠华摇摇行复止
六军不发无奈何
花钿⑫委地无人收
君王掩面救不得
黄埃散漫风萧索
峨嵋山下少人行
蜀江水碧蜀山青
行宫见月伤心色
天旋日⑭转回龙驭
马嵬坡⑮下泥土中
君臣相顾尽沾衣
归来池苑皆依旧
芙蓉如面柳如眉
春风桃李花开夜
西宫南苑⑯多秋草
梨园弟子⑱白发新
夕殿萤飞思悄然
迟迟钟鼓初长夜
鸳鸯瓦冷霜华重
悠悠生死别经年
临邛道士鸿都客⑳
为感君王展转思

千乘万骑西南行⑨
西出都门百余里⑩
宛转娥⑪眉马前死
翠翘金雀玉搔头
回看血泪相和流
云栈萦纡登剑阁⑬
旌旗无光日色薄
圣主朝朝暮暮情
夜雨闻铃肠断声
到此踌躇不能去
不见玉颜空死处
东望都门信马归
太液芙蓉未央柳
对此如何不泪垂
秋雨梧桐叶落时
宫⑰叶满阶红不扫
椒房阿监青娥⑲老
孤灯挑尽未成眠
耿耿星河欲曙天
翡翠衾寒谁与共
魂魄不曾来入梦
能以精诚㉑致魂魄
遂教方士殷勤觅

排空㉒驭气奔如电　升天入地求之遍
上穷碧落下黄泉　两处茫茫皆不见
忽闻海上有仙山　山在虚无缥缈间
楼阁㉓玲珑五云起　其中绰约多仙子
中有一人字太㉔真　雪肤花貌参差是
金阙西厢叩玉扃㉕　转教小玉报双成㉖
闻道汉家天子使　九华帐里梦中㉗惊
揽衣推枕起徘徊　珠箔银屏㉘逦迤开
云鬓半垂㉙新睡觉　花冠不整下堂来
风吹仙袂飘飖㉚举　犹似霓裳羽衣舞
玉容寂寞泪拦㉛干　梨花一枝春带雨
含情凝睇谢君王　一别音容两眇㉜茫
昭阳殿里恩爱绝　蓬莱宫中日月长
回头下望人寰处　不见长安见尘雾
唯㉝将旧物表深情　钿合㉞金钗寄将去
钗留一股合一扇　钗擘黄金合分钿
但令㉟心似金钿坚　天上人间会相见
临别殷勤重寄词　词中有誓两心知
七月七日长生殿㊱　夜半无人私语时
在天愿作比翼鸟㊲　在地愿为连理枝㊳
天长地久有时尽　此恨绵绵无尽㊴期

（《白氏文集》《古文真宝》《唐诗三百首》）

注：

① 汉皇：汉武帝。暗指唐玄宗。

② 御宇：治世。统治天下期间。

③ 华清池：长安东边，骊山山麓处的华清宫温泉。

④ 列土：成为诸侯，有封地。

_{编者注}：姊，同"姊"。

⑤ 骊宫：骊山的离宫。指华清宫。

⑥ 缦：也作"慢"。

⑦ 渔阳：现在的天津市蓟州区。

⑧ 鼙：也作"鞞"。战鼓。指安禄山叛军进攻长安。

⑨ 西南行：指唐玄宗逃往蜀地。

⑩ 百余里：当时的一里约等于现在的五百六十米。

⑪ 娥：也作"蛾"。

⑫ 花钿：戴在女性额头上的花形饰物。后一句中的"翠翘""金雀""玉搔头"都是美丽奢华的头发饰品。

⑬ 剑阁：长安入蜀的关口。著名关隘，也叫"剑门关"。

⑭ 日：也作"地"。"天旋日转"，形势发生巨大变化。指至德二年（757）春，安禄山被杀，唐军收复长安。

⑮ 马嵬坡：杨贵妃的死亡地。现在的陕西省兴平市西。

⑯ 苑：也作"内"。

⑰ 宫：也作"落"。

⑱ 梨园弟子："梨园"，宫中设立的歌舞团培训班。唐玄宗亲自挑选三百人而教之。这些人被称作"梨园弟子"。

⑲ 椒房阿监青娥："椒房"，皇后的居室。"阿监"，管理宫女的女

官长。"青娥",年轻的美女。"娥",貌美的女性。

⑳ 临邛道士鸿都客:"临邛",现在的四川省邛崃市。"鸿都",汉代宫门名。此处指都城。

㉑ 诚:也作"神"。

㉒ 空:也作"风"。

㉓ 阁:也作"殿"。

㉔ 太:也作"玉"。

㉕ 玉扃:玉做的门闩。这里指美丽气派的门。

㉖ 小玉报双成:"小玉""双成",都是在仙界的杨贵妃的侍女名。

㉗ 中:也作"魂"。

㉘ 屏:也作"钩"。

㉙ 垂:也作"偏"。

㉚ 飘:也作"飘"。

㉛ 拦:也作"栏"或"阑"。

㉜ 眇:也作"渺"。

㉝ 唯:也作"惟"。

㉞ 钿合:螺钿工艺品盒。"合",同"盒"。

㉟ 令:也作"教"。

㊱ 长生殿:华清宫内的宫殿。

㊲ 比翼鸟:雌雄一体而飞的想象中的鸟。

㊳ 连理枝:两根结合在一起,木纹相连的树枝。与"比翼鸟"一起,表示男女忠贞的爱情。

㊴ 尽:也作"绝"。

编者注:"为感君王展转思"和"珠箔银屏迤逦开"两句,国内的诸版本多为"为感君王辗转思"和"珠箔银屏迤逦开"。

出处：

    明治书院《新精选古典B汉文编》(高中)

    大修馆《古典B改订版汉文编》(高中)

    东京书籍《精选古典B汉文编》(高中)

    第一学习社《高中改订版古典B汉文编》(高中)

    筑摩书房《古典B汉文编改订版》(高中)

    桐原书店《新探求古典B汉文编》(高中)

    数研出版《改订版古典B汉文编》(高中)

    教育出版《精选古典B汉文编》(高中)

    三省堂《高中古典B汉文编改订版》(高中)

    东京书籍《精选古典B新版》(高中)

    第一学习社《高中改订版古典B》(高中)

    文英堂《古典B》(高中)

    东京书籍《新编古典B》(高中)

    三省堂《精选古典B改订版》(高中)

    大修馆《精选古典B改订版》(高中)

    教育出版《古典B》(高中)

卖炭翁

苦宫市也①

白居易

卖炭翁　　　　伐薪烧炭南山②中
满面尘灰烟火色　两鬓苍苍十指黑
卖炭得钱何所营　身上衣裳口中食
可怜身上衣正单　心忧炭贱愿天寒
夜来城外一尺雪　晓驾炭车辗冰辙
牛困人饥日已高　市南门外泥中歇
翩翩两骑来是谁　黄衣使者白衫儿
手把文书口称敕　回车叱牛牵向北③
一车炭重千余斤④　宫使驱将惜不得
半匹⑤红绡⑥一丈绫　系向牛头充炭直

(《白氏文集》)

注：

① 苦宫市也：作者的自注。"宫市"，为了满足宫廷的必要物资

供应,用低于市场的价格征用物资的机构。

② 南山:长安南部的终南山。

③ 北:宫城的方向。

④ 一车炭重千余斤:"斤",重量单位。唐代一斤约等于现在的六百克。

编者注:《那波本》《绍兴本》《全唐诗》《乐府诗集》中没有"重"字。《全唐诗》在"炭"后作"一本此下有重字"。

⑤ 匹:计算纺织品的单位。宽二尺二寸长四丈的绸缎或布匹。唐代的一尺约等于现在的三十一厘米,一丈为十尺。

⑥ 绡:也作"纱"。

出处:

大修馆《古典B改订版汉文编》(高中)

教育出版《精选古典B汉文编》(高中)

教育出版《新编古典B迈向语言的世界》(高中)

第一学习社《高中改订版标准古典B》(高中)

大修馆《精选古典B改订版》(高中)

教育出版《古典B》(高中)

渔 翁①

柳宗元

渔翁夜傍西岩②宿　晓汲清湘③然④楚竹⑤
烟销⑥日出不见人　欸乃⑦一声山水绿
回看天际下中流　岩上无心云相逐

(《唐诗三百首》)

注：

① 渔翁：年老的渔夫。

② 西岩：注入洞庭湖(湖南省)的长江右岸支流湘江西岸的大岩石。

③ 清湘：清澈的湘江。

④ 然：同"燃"。

⑤ 楚竹：楚地生长的竹子。

⑥ 烟销：笼罩在江面上的雾霭散去。此处的"烟"指的是雾、霭。

⑦ 欸乃：拟声词。有各种说法，此处采用划桨发出的吱吱呀呀声说。

出处：
筑摩书房《古典B汉文编改订版》(高中)

诗人简介

1. 骆宾王（约640—684以后），初唐（唐诗通常被分为初唐、盛唐、中唐、晚唐四个时期）诗人。

2. 王之涣（688—742），盛唐诗人。字季凌。擅长讴歌边境地区的风土、自然的边塞诗。

3. 孟浩然（689—740），名和字同为浩然，一说名浩，字浩然。活跃于盛唐的诗人。擅长歌咏自然的诗歌（山水诗）。与同样擅长歌咏自然的王维、韦应物、柳宗元并称"王孟韦柳"。

4. 王维（701—761），字摩诘，盛唐诗人。有"南画之祖"的美誉，被认为是"诗中有画，画中有诗"。由于是虔诚的佛教徒，因此也被称作"诗佛"。

5. 李白（701—762），盛唐诗人，字太白，号青莲居士。与杜甫齐名的盛唐代表诗人。多有豪迈、奔放的表达，擅长古体诗和绝句。由于其诗才及其如仙人般的自由奔放性格而被后世称作"诗仙"。

6. 杜甫(712—770)，盛唐诗人，字子美。与李白齐名的盛唐代表诗人。被称作"诗圣"。因其有很多咏时事的作品，所以其诗也被称作"诗史"。

7. 韦应物(约737—792)，字未详，活跃于中唐的诗人，原本是官员，晚年隐居。

8. 耿沣(约733—787)，字未详，中唐诗人。

9. 柳宗元(773—819)，字子厚，中唐诗人，擅长带有思索性的山水诗。

10. 刘禹锡(772—842)，字梦得，中唐诗人。

11. 李商隐(约812—858)，字义山，晚唐诗人。

12. 于武陵(生卒年不详)，晚唐诗人，名邺，字武陵。擅长五言诗，好咏旅愁。

13. 欧阳修(1007—1072)，姓欧阳，名修，字永叔，谥文忠，号醉翁、六一居士。唐宋八大家之一。

14. 李清照(1084—？)，南北宋之交时期的女诗人。

15. 高启(1336—1374)，字季迪，号槎轩，又号青邱，明代诗人。

16. 王翰(约687—726)，字子羽，盛唐诗人。

17. 王昌龄(约690—756)，字少伯，擅长边塞诗和离别诗。

18. 高适(约700—765)，字达夫，盛唐诗人。

19. 岑参(约715—770)，盛唐诗人，字未详。著名边塞诗人，创作了很多讴歌边境地区风物的清新悲壮的诗歌。

诗文集是《岑嘉州集》。

20. 张继(？—约779)，字懿孙，中唐诗人。

21. 白居易(772—846)，中唐诗人，号香山居士、醉吟先生，字乐天。其诗文对日本平安朝文学影响颇大。有诗文集《白氏文集》。

22. 杜牧(803—852)，字牧之，号樊川，晚唐诗人，擅长七言绝句，被称作"小杜"(杜甫被称作"老杜")。

23. 高骈(821—887)，晚唐诗人。武艺高强，富有将略，因野心膨胀而被部下所杀。

24. 王安石(1021—1086)，北宋政治家，字介甫，号半山，唐宋八大家之一。诗文集有《临川集》等。

25. 苏轼(1037—1101)，字子瞻，号东坡居士。北宋文人，唐宋八大家之一。

26. 黄庭坚(1045—1105)，字鲁直，号山谷道人。北宋诗人、书法家。

27. 王勃(650—676)，字子安，初唐诗人。

28. 戴叔伦(732—789)，字幼公，一作次公，润州金坛(江苏省)人，中唐诗人。

29. 崔颢(约704—754)，字未详，盛唐诗人。

30. 许浑(约787—854)，晚唐诗人，字用晦，一说字仲晦。擅长七言律诗，诗集是《丁卯集》。

31. 陆游(1125—1210)，南宋诗人，字务观，号放翁。宋代代表性诗人，留下了九千余首诗。诗集是《剑南诗稿》。

32. 汉武帝(前156—前87),刘彻,西汉(前汉)第七位皇帝,公元前141—前87年在位,带领汉朝进入最盛期。

33. 曹植(192—232),字子建,魏武帝曹操第三子,三国魏初期诗人。

34. 陶潜(365—427),字渊明,东晋诗人、文学家。

35. 斛律金(生卒年未详),北齐将军。

36. 刘廷芝(约651—约680),字希夷,一说名希夷,字廷芝或庭芝,擅长长篇七言古诗。

37. 孟郊(751—814),字东野,中唐诗人。

出典简介

1.《唐诗选》:据说是明代李攀龙(1514—1570)编辑的唐诗选集,7卷。江户时代以来,在日本广受欢迎。

2.《唐诗三百首》:清代孙洙(蘅塘退士,1711—1778)编,6卷,收录唐代著名诗歌300余首,并将其分为古诗、乐府、律诗、绝句四类,添加注释。

3.《李太白集》:李白的诗文集,30卷。现存宋代宋敏求以附有唐代魏颢的序为底本编辑而成的版本,该版本由曾巩校订作品顺序。

4.《刘梦得文集》:刘禹锡的诗文集,30卷。

5.《欧阳文忠公集》:欧阳修的文集,153卷。

6.《李清照集笺注》:宋代李清照著,徐培均笺注的李清照诗文集,共3卷。

7.《高太史大全集》:高启的诗集,18卷。

8.《高青邱诗集》:高启的诗集。

9.《王右丞集》:王维的诗文集。因王维曾任尚书右丞,故得名。

10.《三体诗》:南宋周弼(生卒年不详)编纂的唐诗集,6卷。该诗集因只收录唐代近体诗七言绝句、七言律诗、五言律诗等三种诗体的唐诗494首而得名。

11.《古文真宝》,据说是宋末元初的黄坚(生卒年不详)所编,前集10卷,后集10卷。收录了自战国时代至宋代的名诗、名文,前集为诗,后集为文。

12.《李太白文集》,李白的诗文集,30卷。

13.《岑嘉州诗》,岑参的诗集。

14.《杜樊川诗注》,也作《杜樊川诗集》,杜牧的诗集,8卷。

15.《白氏文集》:白居易将自己的诗文编纂而成的自家诗文集,共71卷,也被叫作《白氏长庆集》,对日本平安文学产生了巨大的影响。

16.《全唐诗》:中国清代彭定求等人奉康熙帝的敕命编集而成的唐代诗歌集,共900卷,1706年完成。几乎收录了所有唐代的诗歌。

17.《临川集》:1140年刊行的王安石的诗文集,100卷。

18.《东坡后集》:苏轼诗文集,20卷。

19.《苏文忠公全集》:明代编纂的苏轼诗文集。

20.《苏轼诗集》:苏轼的诗集,清代王文浩编,50卷。

21.《山谷诗集》,黄庭坚的诗集。

22.《杜诗详注》,杜甫诗集的注本。由清代仇兆鳌搜集各家注本编辑而成。又名《杜少陵集详注》。

23.《杜工部集》,杜甫的诗集,20卷。

24.《杜律集解》,杜甫的律诗集,五言律诗4卷,七言律诗2卷。

25.《白氏长庆集》,同《白氏文集》。

26.《剑南诗稿》,陆游的诗集。"剑南"是陆游滞留的蜀地(现在的四川省)的别名。

27.《宋诗选注》,钱锺书编写的宋诗集。内容全面,注释通俗易懂,读者从中可以对宋诗有一个较全面的了解。

28.《诗经》,中国最早的诗集。据说由孔子编纂而成。收录了古代的民谣、周王室的诗歌等305篇。《五经》之一。

29.《文选》,中国诗文集,60卷(原本30卷)。南朝梁昭明太子萧统编,将周朝至梁代的大约800篇诗文按照文体类别编辑而成,530年左右完工。对日本文学产生了巨大的影响。

30.《乐府诗集》,宋代郭茂倩(生卒年不详)编辑的自古代至唐、五代的乐府诗,并分类、解说,100卷。

31.《世说新语》,南朝刘宋刘义庆(403—444)著,3卷。收集了东汉末年至东晋末年的知识分子的逸闻。

32.《古诗源》,清朝沈德潜(1673—1769)按照作者选编的上启先秦(上古)下至隋代的古诗选集,全书共14卷,录诗700余首。

33.《陶渊明集》,陶潜的诗文集,10卷。

34.《古诗赏析》,清代张玉縠(生卒年未详)编,22卷。该书按照时代顺序收录了古代至隋朝的诗歌,并添加了详细的评释。

日本国语教材收录汉诗情况简介

一、小学国语教材

小学国语教材共收录中国汉诗5首,其中五言绝句4首,七言绝句1首。三省堂《小学国语》只在五年级有汉诗,且只有2首,分别是杜甫《绝句》、孟浩然《春晓》。这2首诗有原文、训读文、现代日语译文。教育出版《小学国语》只在五年级上中有汉诗,分别是孟浩然《春晓》、苏轼《春夜》、李白《静夜思》。第1首《春晓》有原文、训读文、现代日语译文,其他2首只有训读文和现代日语译文,无原文。光村图书《国语》只在五年级收录1首汉诗:孟浩然《春晓》,且仅有训读文和现代日语译文,无原文。学校图书《小学国语》只在六年级上中收录汉诗1首:高启《寻胡隐君》,包括原文、训读文、现代日语译文。以上汉诗均无出处、作者简介、注释。东京书籍《新编新国语》只在六年级中收录1首孟浩然

《春晓》,包括原文、训读文、现代日语译文,无出处、注释,但是有作者简介。

综上所述,日本小学国语教材中共收录中国汉诗5首,无日本汉诗,其中孟浩然的《春晓》为4家出版社所收录,使用频率最高。

二、初中国语教材

初中国语教材共收录中国汉诗6首,其中五言绝句3首,七言绝句2首,五言律诗1首。光村图书《国语2》收录汉诗4首,分别是孟浩然《春晓》、杜甫《绝句》、李白《送孟浩然之广陵》和杜甫《春望》。前3首诗都有原文(带训点、振假名、送假名)、训读文、现代日文译文、作者简介、注释,最后一首缺少作者简介、注释,这4首诗均无出处。学校图书《初中国语3》收录汉诗3首,分别是杜甫《春望》、王维《送元二使安西》、李白《静夜思》。这3首都有原文(带训点、振假名、送假名)、训读文、作者简介、注释,不同之处在于前2首的译文是现代日语译文,后1首是诗体译文(土岐善麿〔1885—1980〕译)。三省堂《现代国语2》收录汉诗4首,分别是孟浩然《春晓》、李白《黄鹤楼送孟浩然之广陵》、杜甫《春望》、杜甫《绝句》。前3首包括原文(带训点、振假名、送假名)、训读文、作者简介、注释,后1首仅有原文(带训点、振假名、送假名)、训读文,这4首均无现代日语译文。上述汉诗全是中国汉诗,无日本汉诗,其中杜甫《春望》为3家出版社所收录,使用频率最高。

三、高中国语教材

高中国语教材丰富,收录了各种类型的100多首中国汉诗和20多首日本汉诗。在这些教材中,除了现代文类教材,其他教材都收录汉诗。具体说来,综合类国语教材收录的汉诗较少,大约在8首左右;古典类国语教材收录的汉诗(包括日本汉诗)较多,大约在15首左右;而专门讲解汉文、汉诗的汉文类教材(包括日本汉文、汉诗)一般收录的汉诗数量都在20首左右,而且种类齐全。个别教材还会为对日本文学产生巨大影响的白居易单独设一个章节。这些教材的具体收录情况如下:

1. 右文书院《说话　随笔　故事·小话　汉诗　史话》收录中国汉诗10首,包括绝句(五言2首,七言2首)、律诗(五言2首,七言2首)、古诗(2首)。每首诗均包括原文(带训点、振假名、送假名)、作者简介、注释、出处,文末附有学习辅导。孟浩然《春晓》附有土岐善麿的译诗(《新译诗抄》)。另有马远《寒江独钓图》、白乐天图各1幅,琵琶照片1张。

2. 教育出版《古典文学选古典A》收录中国汉诗5首,其中五言绝句2首,七言绝句2首,七言律诗1首。前4首均包括原文(带训点、振假名、送假名)、作者简介、注释、出处、内容提要,文末附有学习辅导。最后1首七言律诗杜甫《蜀相》无学习辅导,附土井晚翠长诗《星落秋风五丈原》部分内容(出自《天地有情》),其余内容与前4首相同。另附有王维手植银杏树、芙蓉楼、秋浦河、枫桥、黄鹂照片各1张。

3. 教育出版《新编古典B迈向语言的世界》收录中国汉诗8首,其中五言绝句1首,七言绝句2首,五言律诗1首,古体诗4首。每首诗包括原文(带训点、振假名、送假名)、作者简介、注释、出处、背景或内容提要,文末有学习辅导,部分诗有简单的提问。另附有唐代玉门关、大明宫遗址夜景、"大雁塔和月"照片各1张。日本汉诗4首,全部都是七言绝句。每首诗包括原文(带训点、振假名、送假名)、作者简介、注释、出处,文末有学习辅导。另附有《道真忆昔恩赐御衣》(《北野天神缘起绘卷》)、夏目漱石《孤客入石门图》画作各1幅。

4. 教育出版《精选国语综合古典编》收录中国汉诗11首,其中五言绝句4首,七言绝句4首,五言律诗2首,七言律诗1首。这11首诗按照五言绝句、七言绝句、五言律诗、七言律诗顺序排列。每首诗包括原文(带训点、振假名、送假名)、出处、作者简介、注释。文末有读解、句型。另外,附有明代朱端《寒江独钓图》1幅(东京国立博物馆藏)、《唐诗关系地图》1幅、瞿塘峡和现在庐山雪景照片各1张。

5. 教育出版《国语综合》收录中国汉诗8首,按照五言绝句(3首)、七言绝句(3首)、五言律诗(1首)、七言律诗(1首)顺序排列。每首诗包括原文(带训点、振假名、送假名)、作者简介、注释、出处,文末附有学习辅导。另附有东京国立博物馆藏明代朱端《寒江独钓图》1幅、《唐诗关系地图》1幅、庐山雪景照片1张。

6. 教育出版《新编国语综合》收录中国汉诗8首,按照五言绝句(3首)、七言绝句(3首)、五言律诗(1首)、七言律诗(1首)顺序排列。每首诗包括原文(带训点、振假名、送假名)、作者简介、注释、出处,文末附有学习辅导。另有无题名照片4张。

7. 教育出版《精选古典B汉文编》收录中国汉诗19首,其中五言绝句3首,七言绝句4首,五言律诗2首,七言律诗2首,古体诗8首。前15首诗均包括原文(带训点、振假名、送假名)、作者简介、注释、出处、简单的提问。后4首(李白《月下独酌》、杜甫《石壕吏》、刘廷芝《代悲白头翁》、白居易《长恨歌》)包括原文(带训点、振假名、送假名)、作者简介、注释、出处,文末附有学习指南。另附有《王维别墅地辋川》《长安城略图》图画各1幅,秋浦河、庐山瀑布、玉门关、芙蓉楼、大雁塔、黄鹤楼、桃子、庐山山顶如琴湖之夜照片各1幅,杜甫画像1幅,京都市美术馆藏桥本关雪《长恨歌》画作3幅。日本汉诗5首,其中五言绝句1首,七言绝句3首,五言律诗1首。这些诗包括原文(带训点、振假名、送假名)、作者简介、注释、出处,文末附有学习指南。另附有夏目漱石大正3年(1914)的画作《孤客入石门图》1幅,岩国美术馆藏《川中岛合战图屏风》图1幅。

8. 教育出版《古典B》收录中国汉诗18首,其中五言绝句3首,七言绝句4首,五言律诗2首,七言律诗1首,古体诗8首。前14首诗均包括原文(带训点、振假名、送假名)、作者简介、注释、出处、简单的提问。后4首(李白《子夜吴歌》、岑参《胡笳歌　送颜真卿使赴河陇》、杜甫《石壕吏》、白居易《长恨歌》)包括原文(带训点、振假名、送假名)、作者简介、注释、出处,文末附有学习指南。另附有《王维别墅地辋川》《长安城略图》各1幅,秋浦河、庐山瀑布、玉门关、芙蓉楼、"大雁塔和月"、桃子照片各1幅,杜甫画像1幅,京都市美术馆藏桥本关雪《长恨歌》画作3幅。日本汉诗5首,其中五言绝句1首,七言绝句3首,五言律诗1首。这些诗包括原文(带训点、振假名、送假名)、作者简介、注释、出处,文末附有学习辅导。另附有夏目漱石大正3年(1914)的画作《孤客入石门图》1幅,岩国美术馆藏《川中岛合战图屏风》图1幅。

9. 桐原书店《新探求国语综合古典编》收录中国汉诗11首,其中五言绝句2首,七言绝句4首,五言律诗4首,七言律诗1首。这9首诗按照五言绝句、七言绝句、五言律诗、七言律诗顺序排列。另外2首(李白《鲁郡东石门送杜二甫》和杜甫《春日忆李白》)收录在赏析汉诗的文章(《古典的魅力——来自现在的视角》、松浦友久《友情》)中。其中9首汉诗包括原文(带训点、振假名、送假名)、作者简介、注释、出处、学习辅导,李白《早发白帝城》还附有地图,《凉州词》附有夜光杯照片。李白《鲁郡东石门送杜二甫》和杜甫《春日忆李白》与其他不同,有原文(带训点、振假名、送假名)、训读文、注释。

10. 桐原书店《新探求古典B汉文编》收录中国汉诗13首,其中五言绝句2首,七言绝句2首,五言律诗1首,七言律诗1首,古体诗7首。这些汉诗包括原文(带训点、振假名、送假名)、作者简介、注释、出处、学习辅导。另附有庐山、"岳阳楼与洞庭湖"照片各1张,小杉放庵《醉李白》、结城素明《兵车行》、"春宵苦短日高起"(《长恨歌绘卷》)、"千乘万骑西南行"(《长恨歌绘卷》)画作各1幅。日本汉诗4首,其中七言绝句2首,五言和七言律诗各1首。另附有"川中岛合战图屏风"图1幅。

11. 三省堂《高中国语综合古典编改订版》收录中国汉诗11首,其中五言绝句4首,七言绝句3首,五言律诗、七言律诗各2首。这11首诗按照五言绝句、七言绝句、五言律诗、七言律诗顺序排列。每首诗包括原文(带训点、振假名、送假名)、作者简介、注释、出处,文末附有学习辅导。另附有唐大慈恩寺遗址公园、阳关遗址、岳阳楼、香炉峰、长江照片各1幅,明代朱端《寒江独钓图》、江户中期池大雅《渭城柳色图》、1897年结城素明《兵车行》、南宋梁楷《李白吟行图》各1幅。

12. 三省堂《精选国语综合改订版》收录中国汉诗9首，按照五言绝句（3首）、七言绝句（3首）、五言律诗（2首）、七言律诗（1首）顺序排列。每首诗均包括原文（带训点、振假名、送假名）、作者简介、注释、出处以及简单的提问，文末附有学习辅导。另附有明代朱端《寒江独钓图》、江户中期池大雅《渭城柳色图》、1897年结城素明《兵车行》、南宋梁楷《李白吟行图》各1幅，简要中国历史年代表1幅，阳关遗址、从岳阳楼观洞庭湖、香炉峰照片各1幅。

13. 三省堂《明解国语综合改订版》收录中国汉诗6首，按照五言绝句（2首）、七言绝句（2首）、五言律诗（1首）、七言律诗（1首）顺序排列。每首诗均包括原文（带训点、振假名、送假名）、作者简介、注释、出处以及简要的背景或内容简介、简单的要求和提问，文末附有学习建议。李白《静夜思》、于武陵《劝酒》、王翰《凉州词》附有训读文，其中于武陵《劝酒》还有井伏鳟二（1898—1993）的译诗（出自《除厄诗集》）。杜牧《江南春》、杜甫《月夜》、白居易《香炉峰下新卜山居，草堂初成，偶题东壁》无训读文。另附有梁楷《李白吟行图》1幅，简要中国历史年代表1幅，风沙中的人马（敦煌附近）、江南春色（镇江金山寺）、"大雁塔和月"（西安）、香炉峰照片各1幅。

14. 三省堂《古典A》收录中国汉诗6首，其中五言绝句3首（王维《竹里馆》、高启《寻胡隐君》、李白《静夜思》），七言绝句1首（李白《峨眉山月歌》），五言律诗1首（孟浩然《临洞庭》),七言律诗1首(杜甫《登高》)。王维《竹里馆》、李白《峨眉山月歌》、孟浩然《临洞庭》、杜甫《登高》均包括原文(带训点、振假名、送假名)、作者简介、注释、出处,文末附有学习辅导、要求。高启《寻胡隐君》只有原文(带训点、振假名、送假名),李白《静夜思》仅有训读文。另附有岳阳楼、长江照片各1幅,《王维竹里馆图》、梁楷《李白吟行图》各1幅。

15. 三省堂《高中古典B汉文编改订版》收录中国汉诗20首,其中五言绝句3首,七言绝句4首,五言律诗2首,七言律诗2首,古体诗9首。有19首诗包括原文(带训点、振假名、送假名)、作者简介、注释、出处,文末附有学习辅导。杜牧《题乌江亭》只有原文(带训点、振假名、送假名)、作者简介、注释、出处。另附有简要中国历史年代表2幅,大明宫图、漏刻、元代赵孟頫《西园雅集图》各1幅,浙江山村照片1幅。日本汉诗5首,其中七言绝句3首,五言律诗和古体诗各1首。这些诗均包括原文(带训点、振假名、送假名)、作者简介、注释、出处,文末附有学习辅导。另附有简要日本历史年代表1幅。

16. 三省堂《精选古典B改订版》收录中国汉诗18首,其中五言绝句2首,七言绝句4首,五言律诗2首,七言律诗2首,古体诗8首。有17首诗包括原文(带训点、振假名、送假名)、作者简介、注释、出处,文末附有学习辅导。杜牧《题乌江亭》只有原文(带训点、振假名、送假名)、作者简介、注释、出处。另附有简要中国历史年代表3幅,杜甫像、大明宫图、1916年安田靫彦《项羽》、元代赵孟頫《西园雅集图》各1幅，漏刻、浙江山村、玉门关遗址照片各1幅。日本汉诗5首，其中七言绝句3首，五言律诗和古体诗各1首。这些诗均包括原文（带训点、振假名、送假名）、作者简介、注释、出处，文末附有学习辅导。另附有简要日本历史年代表1幅。

17. 数研出版《高中国语综合》收录中国汉诗9首，其中五言绝句2首，七言绝句4首，五言律诗1首，七言律诗2首。这9首诗分成绝句和律诗两类，按照五言绝句、七言绝句、五言律诗、七言律诗顺序排列。每首汉诗包括原文（带训点、振假名、送假名）、作者简介、注释、出处，文后附有学习要求、语言与表达。另有唐代地图1幅，白帝城、长江照片各1张。

18. 数研出版《改订版国语综合古典编》收录中国汉诗9首，其中五言绝句2首，七言绝句4首，五言律诗1首，七言律诗2首。这9首诗分成绝句和律诗两类，按照五言绝句、七言绝句、五言律诗、七言律诗顺序排列。每首汉诗包括原文（带训点、振假名、送假名）、作者简介、注释、出处，文后附有学习要求、语言与表达。另有唐代地图1幅，枫桥、长江照片各1张。

19. 数研出版《改订版高中国语综合》收录中国汉诗9首，其中五言绝句2首，七言绝句4首，五言律诗1首，七言律诗2首。这9首诗分成绝句和律诗两类，按照五言绝句、七言绝句、五言律诗、七言律诗顺序排列。每首汉诗包括原文(带训点、振假名、送假名)、作者简介、注释、出处。文后附有学习要求、语言与表达。另有唐代地图以及枫桥、长江照片各1幅。

20. 数研出版《新编国语综合》收录中国汉诗8首,按照五言绝句(4首)、七言绝句(3首)、五言律诗(1首)顺序排列。每首诗包括原文(带训点、振假名、送假名)、作者简介、注释、出处,文后附有学习要求、语言与表达。另附有街角之花、古都之月、唐代琵琶、夜光杯、红叶、阳关烽火台照片各1张,鹳鹊楼照片2张,唐代地图1幅,《明皇幸蜀图》1幅,朱端《寒江独钓图》1幅。

21. 数研出版《改订版古典B汉文编》收录中国汉诗18首,其中五言绝句4首,七言绝句5首,五言律诗1首,七言律诗2首,古体诗6首。有17首汉诗包括原文(带训点、振假名、送假名)、作者简介、注释、出处、简单的提问,文后附有学习要求,于武陵《劝酒》还附有井伏鳟二译诗。韦应物《秋夜寄丘员外》有原文、训读文、出处,还有井伏鳟二(《除厄诗集》)、佐藤春夫(1892—1964,《玉笛谱》)、会津八一(1881—1956,《鹿鸣集》)译诗。另有安史之乱关系地图、唐长安城地图、长安附近地图各1幅,《长恨歌绘卷(奈良绘卷)》3幅,江南春景、海南岛、黄鹤楼、玉门关照片各1张。日本汉诗3首,其中七言绝句2首,五言律诗1首,每首均包括原文(带训点、振假名、送假名)、作者简介、注释、出处、简单的提问,文后附有学习要求。

22. 第一学习社《高中改订版国语综合》收录中国汉诗9首,其中五言绝句、七言绝句各3首,五言律诗2首,七言律诗1首。这9首诗按照"自然"(孟浩然《春晓》、柳宗元《江雪》、杜牧《江南春》)、"亲情"(李白《静夜思》、杜甫《月夜》、白居易《八月十五日夜,禁中独直,对月忆元九》)、"别离"(李白《黄鹤楼送孟浩然之广陵》、王维《送元二使安西》、杜甫《春望》)分类排列。每首诗包括原文(带训点、振假名、送假名)、作者简介、注释,部分汉字括注了旧字体(例如:万〔萬〕),文末附有学习要求,孟浩然《春晓》、李白《静夜思》均附有土岐善麿和井伏鳟二的译诗(出典:土岐善麿《莺之卵》、井伏鳟二《除厄诗集》)。另附有渭水河畔、黄鹤楼照片各1张,大明宫简图1幅、朱端《寒江独钓图》1幅。

23. 第一学习社《高中改订版标准国语综合》收录中国汉诗5首,按照五言绝句(2首)、七言绝句(1首)、五言律诗(1首)、七言律诗(1首)的顺序排列。每首诗都有原文(带训点、振假名、送假名)、作者简介、注释,文末有学习要求。另附有渭水河畔、长安城址、庐山照片各1张,无标题照片2张。

24. 第一学习社《高中改订版新编国语综合》收录中国汉诗5首,按照五言绝句(2首)、七言绝句(1首)、五言律诗(1首)、七言律诗(1首)的顺序排列。每首诗都有原文(带训点、振假名、送假名)、作者简介、注释,文末有学习要求。

另附有渭水河畔、阳关烽火台遗址、长安城址、庐山照片各1张，无标题照片2张。李白《静夜思》、孟浩然《春晓》均附有土岐善麿和井伏鳟二的译诗（出典：土岐善麿《莺之卵》、井伏鳟二《除厄诗集》）。

25. 第一学习社《高中改订版标准古典A物语选》收录中国汉诗6首，按照五言绝句（2首）、七言绝句（2首）、五言律诗（1首）、七言律诗（1首）的顺序排列。每首诗都有原文（带训点、振假名、送假名）、作者简介、注释、简单的提问，文末有学习要求。另附有峨眉山、洞庭湖照片各1张。

26. 第一学习社《高中改订版古典B汉文编》收录中国汉诗10首，按照五言绝句（2首）、七言绝句（2首）、五言律诗（1首）、七言律诗（1首）、古体诗（4首）的顺序排列。每首诗都有原文（带训点、振假名、送假名）、作者简介、注释、出处，部分汉字括注了旧字体（例如：处〔處〕），文末有学习要求。另附有浣花溪照片、石壕吏图各1幅。日本汉诗3首，其中七言绝句、五言律诗、七言律诗各1首。每首诗都有原文（带训点、振假名、送假名）、作者简介、注释、出处，部分汉字括注了旧字体（例如：乱〔亂〕），文末有学习要求。

27. 第一学习社《高中改订版古典B》收录中国汉诗10首，按照五言绝句（2首）、七言绝句（2首）、五言律诗（1首）、七言律诗（1首）、古体诗（4首）的顺序排列。每首诗都有原文（带训点、振假名、送假名）、作者简介、注释、出处，部分汉字括注了旧字体（例如：处〔處〕），文末有学习要求。另附有浣花溪照片、石壕吏图各1幅。日本汉诗3首,其中七言律诗、七言绝句、五言律诗各1首。每首诗都有原文(带训点、振假名、送假名)、作者简介、注释、出处,部分汉字括注了旧字体(例如:乱〔亂〕),文末有学习要求。

28. 第一学习社《高中改订版标准古典B》收录中国汉诗11首,按照五言绝句(2首)、七言绝句(2首)、五言律诗(1首)、七言律诗(1首)、古体诗(5首)的顺序排列。每首诗都有原文(带训点、振假名、送假名)、作者简介、注释,文末有学习要求。另附有峨眉山、洞庭湖照片各1幅。日本汉诗3首,其中七言律诗、七言绝句、五言律诗各1首。每首诗都有原文(带训点、振假名、送假名)、作者简介、注释,文末有学习要求。

29. 大修馆《国语综合改订版古典编》收录中国汉诗11首,其中五言绝句4首,七言绝句4首,五言律诗、七言律诗、古体诗各1首。这11首诗按照绝句(五言、七言)、律诗(五言、七言)、古体诗分类排列。每首诗包括原文(带训点、振假名、送假名)、作者简介、注释、出处。另附有锦江、鹳鹊楼、渭水和柳树、正仓院琵琶、西安兴教寺红叶、西安城墙照片各1张,宋代马远《寒江独钓图》、傅抱石《李白》画作各1幅,《唐诗关系地图》1幅。文末附学习要点。

30. 大修馆《新编国语综合改订版》收录中国汉诗8首。第1首是孟浩然《春晓》,该诗包括原文(带训点、振假名、送假名)、训读文、作者简介,并伏鳟二(《除厄诗集》)、土岐善麿(《莺之卵》)的译诗。这些内容都呈现在一海知义(1929—2015)的赏析文《春眠不觉晓》中。其余7首按照"自然之歌"(柳宗元《江雪》、杜牧《山行》)、"友情之歌"(韦应物《秋夜寄丘员外》、王维《送元二使安西》)、"忧愁之歌"(李白《静夜思》、王翰《凉州词》、杜甫《春望》)分类排列。这7首诗都有背景或内容提要、原文(带训点、振假名、送假名)、作者简介、注释、出处,文末附有学习要点。柳宗元《江雪》附有佐藤春夫的译诗(出自《玉笛谱·水边雪景》),韦应物《秋夜寄丘员外》附有会津八一的译诗(出自《鹿鸣集》),李白《静夜思》附有井伏鳟二的译诗(出自《除厄诗集》)。另有西安兴教寺红叶、渭水与柳树、正仓院五弦琵琶照片各1张,《唐诗关系地图》1幅。

31. 大修馆《国语表现改订版》中收录中国汉诗2首(第2部 欣赏表达——欣赏诗歌——汉诗的翻译),分别是李白《静夜思》和孟浩然《春晓》,这两首诗都有原文(带训点、振假名、送假名)、训读文、作者简介,第1首诗还附有土岐善麿和井伏鳟二的译诗。

32. 大修馆《古典A物语选改订版》收录中国汉诗9首,其中五言绝句2首,七言绝句2首,五言律诗2首,七言律诗1首,古体诗2首。这9首诗按照近体诗(绝句、律诗)、古体诗分类排列。每首诗包括原文(带训点、振假名、送假名)、作者简介、注释、出处,文末有课题要求。另附有《王维》(《唐诗画谱》)、宋代李公麟《临韦偃牧放图》(部分)、《咸阳宫遗迹复原图》(《古都西安》)、《桃夭》、朱梅村《石壕吏》图各1幅,江南春景、唐代女性照片各1张。

33. 大修馆《古典B改订版汉文编》收录中国汉诗19首,其中五言绝句2首,七言绝句5首,五言律诗3首,七言律诗2首,古体诗7首。这19首诗按照近体诗(绝句、律诗)、古体诗分类排列,近体诗中又分"自然"(王维《竹里馆》、苏轼《六月二十七日望湖楼醉书》)、"别离"(于武陵《劝酒》、杜牧《赠别》、李白《送友人》)、"旅情"(岑参《碛中作》、李白《峨眉山月歌》、杜甫《登岳阳楼》)、"忧愁"(杜甫《月夜》、许浑《咸阳城东楼》)、"自适"(李白《山中问答》、陆游《游山西村》);古体诗包含"人生"(《桃夭》《行行重行行》和陶潜《饮酒》)、"社会"(李白《子夜吴歌》、杜甫《石壕吏》、白居易《卖炭翁》)两部分。另外,白居易《长恨歌》单列,放在《长恨歌与日本文学》一节中,讲述白居易对日本文学的影响。每首诗均包括原文(带训点、振假名、送假名)、作者简介、注释、出处,文末有学习要点。另附有宋代李公麟《临韦偃牧放图》(部分)、《咸阳宫遗址复原图》(《古都西安》)、《桃夭》、下村观山《长安一片月》、朱梅村《石壕吏》、张义潜《卖炭翁》(部分)、桥本关雪《长恨歌》、高久霭厓《杨贵妃图》画作各1幅,《峨眉山月歌》参考地图、汉诗参考地图、长安城图、《长恨歌》参考地图各1幅,竹林、西湖、岳阳楼和洞庭湖、唐代女性、复原的蜀栈道、华清池照片各1张。日本汉诗5首,皆为七言律诗,每首诗包括原文(带训点、振假名、送假名)、作者简介、注释、出处,文末有学习要点。

34. 大修馆《精选古典B改订版》收录中国汉诗18首,其中五言绝句3首,七言绝句4首,五言律诗2首,七言律诗2首,古体诗7首。这18首诗按照近体诗(绝句、律诗)、古体诗分类排列,古体诗包含"人生"(《桃夭》《行行重行行》和陶潜《饮酒》)、"社会"(李白《子夜吴歌》、杜甫《石壕吏》、白居易《卖炭翁》)两部分。另外,白居易《长恨歌》单列,放在《长恨歌与日本文学》一节中,讲述白居易对日本文学的影响。每首诗均包括原文(带训点、振假名、送假名)、作者简介、注释、出处,文末有学习要点。另附有汉诗参考地图、《咸阳宫遗址复原图》(《古都西安》)、宋代李公麟《临韦偃牧放图》(部分)、《桃夭》、下村观山《长安一片月》、朱梅村《石壕吏》、张义潜《卖炭翁》(部分)、长安城图、桥本关雪《长恨歌》、《长恨歌》参考地图、高久霭厓《杨贵妃图》各1幅,西安阿倍仲麻吕碑、西域沙漠、唐代女性、长江、复原的蜀栈道、华清池照片各1张。日本汉诗3首,皆为七言律诗,每首诗包括原文(带训点、振假名、送假名)、作者简介、注释、出处,文末有学习要点。另附有夏目漱石《竹石图诗赞》1幅。

35. 大修馆《新编古典B改订版》收录中国汉诗10首,其中五言绝句3首,七言绝句1首,五言律诗1首,七言律诗1首,古体诗4首。每首诗包括原文(带训点、振假名、送假名)、作者简介、注释、出处、背景或内容提要,文末有学习要点。杜甫《绝句》有土岐善麿的译诗(《莺之卵》),王维《竹里馆》,有佐藤春夫的译诗(《玉笛谱》)。杜牧《赠别》后附有横山伊势雄的评论(《唐诗的鉴赏》),杜甫《秋兴》后附有堀辰雄的译文(《杜甫诗的声音》),《桃夭》附有正冈子规据此写的贺夏目漱石新婚俳句(《寒山落木》),陶渊明《饮酒》后附有夏目漱石关于中国汉诗的评论(《草枕》),杜甫《石壕吏》后附有正冈子规的译文(《竹乃里歌》)。另附有锦江、杜甫草堂、秋浦河照片各1张,《唐诗关系地图》《桃夭》《采菊东篱下,悠然见南山》图各1幅,下村观山《长安一片月》、朱梅村《石壕吏》画作各1幅。日本汉诗1首,该诗包括原文(带训点、振假名、送假名)、作者简介、注释、出处、背景或内容提要,文末有学习要点。另附有夏目漱石《竹石图诗赞》1幅。

36. 筑摩书房《精选国语综合古典编改订版》收录中国汉诗12首,其中五言绝句5首,七言绝句4首,五言律诗2首,七言律诗1首。这12首诗,分成"唐诗一""唐诗二"两组,第一组按照五言绝句、五言律诗、七言绝句顺序排列,第二组按照五言绝句、七言绝句、五言绝句、七言绝句、七言律诗顺序排列。有11首诗包括原文(带训点、振假名、送假名)、作者简介、注释,部分汉字括注了旧字体(例如:来〔來〕),文末附有关于理解和表达的学习要求。王维《送元二使安西》仅有原文(带训点、振假名、送假名)。另附有出自《诗仙堂志》的杜甫、孟浩然画像各1幅,梁楷《李白吟行图》、马远《寒江独钓图》各1幅,夜光杯、螺钿紫檀五弦琵琶、樽、荆州古城照片各1张。

37. 筑摩书房《国语综合改订版》收录中国汉诗12首，其中五言绝句5首，七言绝句4首，五言律诗2首，七言律诗1首。这12首诗，分成"唐诗一""唐诗二"两组，第一组按照五言绝句、五言律诗、七言绝句顺序排列，第二组按照五言绝句、七言绝句、五言绝句、七言绝句、七言律诗顺序排列。有11首诗包括原文（带训点、振假名、送假名）、作者简介、注释，部分汉字括注了旧字体（例如：来〔來〕），文末附有关于理解和表达的学习要求。王维《送元二使安西》仅有原文（带训点、振假名、送假名）。另附有出自《诗仙堂志》的杜甫、孟浩然画像各1幅，梁楷《李白吟行图》、马远《寒江独钓图》各1幅，夜光杯、螺钿紫檀五弦琵琶、樽、荆州古城照片各1张。

38. 筑摩书房《古典B汉文编改订版》收录中国汉诗16首，其中五言绝句3首，七言绝句3首，五言律诗1首，七言律诗2首，古体诗7首。这16首诗均包括原文（带训点、振假名、送假名）、作者简介、注释，部分汉字括注了旧字体（例如：楼〔樓〕），文末附有关于理解和表达的学习要求。另附有孟浩然故居、白帝山麓西阁、现在的石壕村照片各1张。日本汉诗3首，其中五言绝句、七言绝句、五言律诗各1首。这3首诗均包括原文（带训点、振假名、送假名）、作者简介、注释，部分汉字括注了旧字体（例如：剑〔劍〕），文末附有关于理解和表达的学习要求。

39. 东京书籍《新编国语综合》收录中国汉诗8首,其中五言绝句2首,七言绝句5首,七言律诗1首。这8首诗按照"四季之心"(孟浩然《春晓》、高骈《山亭夏日》、杜牧《山行》、柳宗元《江雪》)、"旅情"(李白《峨眉山月歌》、王翰《凉州词》)、"人生之喜"(李白《赠汪伦》、杜甫《春夜喜雨》)分类排列。每首诗包括原文(带训点、振假名、送假名)、作者简介、注释、出处,文末附有学习辅导。孟浩然《春晓》附有井伏鳟二(《除厄诗集》)、前野直彬(1920—1998,《中国古典文学大系》)、土岐善麿(《莺之卵》)的译诗。李白《赠汪伦》附有吉川幸次郎(1904—1980)的赏析文《赠汪伦》。高骈《山亭夏日》附有土岐善麿(《莺之卵》)的译诗。此外,还附有峨眉山、西域沙漠(敦煌)、夜光杯、桃花潭照片各1张,《唐诗关系地图》《唐诗关系地图(江南周边)》各1幅。

40. 东京书籍《国语综合古典编》收录中国汉诗10首,其中五言绝句、七言绝句各4首,五言律诗、七言律诗各1首。这10首汉诗按照"咏自然"(孟浩然《春晓》、柳宗元《江雪》、李白《望庐山瀑布》)、"咏友情"(韦应物《秋夜寄丘员外》、王维《送元二使安西》、李白《黄鹤楼送孟浩然之广陵》)、"咏人生"(李白《静夜思》、王翰《凉州词》、杜甫《春望》、白居易《香炉峰下新卜山居,草堂初成,偶题东壁》)分类排列。每首诗包括原文(带训点、振假名、送假名)、作者简介、注释、出处,文末附有学习辅导、语句和表达。孟浩然《春晓》附有井伏鳟二(《除厄诗集》)、前野直彬(《中国古典文学大系》)、土岐善麿(《莺之卵》)的译诗。白居易《香炉峰下新卜山居,草堂初成,偶题东壁》附有《枕草子》第280段中记载的清少纳言相关轶事,暗示了该诗在日本的接受情况。王翰《凉州词》附有土岐善麿(《新译杜甫诗选》)的译诗。李白《静夜思》和韦应物《秋夜寄丘员外》附有井伏鳟二(《除厄诗集》)的译诗。此外,还附有庐山、阳关烽火台遗址、夜光杯、杜甫草堂照片各1张,《唐诗关系地图》、朱端《寒江独钓图》(部分)各1幅。

41. 东京书籍《新编古典B》收录中国汉诗16首,其中五言绝句4首,七言绝句2首,五言律诗3首,七言律诗2首,古体诗5首。有14首包括原文(带训点、振假名、送假名)、作者简介、注释、出处,文末附有学习辅导。杜牧《题乌江亭》和王安石《乌江亭》仅有原文(带训点、振假名、送假名)。另附有枫桥照片1张,简要中国历史年代表2幅,《唐诗关系地图》1幅,《岳阳楼》(明代)、《杨贵妃》和《杨贵妃华清池出浴图》画作各1幅,《长恨歌绘卷》2幅。日本汉诗3首,其中七言绝句、五言律诗、五言绝句各1首,每首诗包括原文(带训点、振假名、送假名)、作者简介、注释、出处,文末有学习辅导。另附有简要日本历史年代表1幅,广濑淡窗画像1幅,大雅堂义亮《赖山阳》画像1幅。

42. 东京书籍《精选古典B新版》收录中国汉诗25首,其中五言绝句8首,七言绝句5首,五言律诗3首、七言律诗2首,古体诗7首。有19首包括原文(带训点、振假名、送假名)、作者简介、注释、出处,文末附有学习辅导、语句和表达。王维《鹿柴》附有佐藤春夫的译诗(《玉笛谱》),李商隐《登乐游原》附有佐藤春夫的译诗(《玉笛谱》)和高桥和巳的译文(《高桥和巳全集》)。杜牧《题乌江亭》和王安石《乌江亭》仅有原文(带训点、振假名、送假名)。骆宾王《易水送别》、欧阳修《远山》仅有原文(带训点、振假名、送假名)、作者简介、出处。另附有《唐诗关系地图》《李白醉酒图》《唐代地图》《岳阳楼图》《杨贵妃华清池出浴图》《长恨歌绘卷》各1幅。日本汉诗2首,皆为七言律诗,每首诗包括原文(带训点、振假名、送假名)、作者简介、注释、出处,文末有学习辅导、语句和表达。另附有广濑淡窗画像1幅。

43. 东京书籍《精选古典B汉文编》收录中国汉诗27首,其中五言绝句8首,七言绝句5首,五言律诗3首,七言律诗2首,古体诗9首。其中有23首诗包括原文(带训点、振假名、送假名)、作者简介、注释、出处,文末附有学习辅导、语句和表达。王维《鹿柴》附有佐藤春夫的译诗(《玉笛谱》),李商隐《登乐游原》附有佐藤春夫的译诗(《玉笛谱》)和高桥和巳的译文(《高桥和巳全集》)。骆宾王《易水送别》、欧阳修《远山》仅有原文(带训点、振假名、送假名)、作者简介、出处,杜牧《题乌江亭》和王安石《乌江亭》仅有原文(带训点、振假名、送假名)。此外还有《和汉朗咏集》中收录的部分汉诗诗句。另外,还附有《唐诗关系地图》、《退修诗书图》(《圣迹图》)、《李白醉酒图》、《唐代地图》、《杨贵妃华清池出浴图》《长恨歌绘卷》各1幅。日本汉诗2首,皆为七言律诗,每首诗包括原文(带训点、振假名、送假名)、作者简介、注释、出处,文末有学习辅导、语句和表达。另附有广濑淡窗画像1幅。

44. 文英堂《古典B》收录中国汉诗13首,按照五言绝句(2首)、七言绝句(4首)、五言律诗(2首)、七言律诗(2首)、古体诗(3首)的顺序排列。每首诗都有原文(带训点、振假名、送假名)、作者简介、注释,文末有学习要求。另附有简要中国历史年代表2幅,《长恨歌》关系地图1幅,《长恨歌图抄》3幅,黄河、琵琶(正仓院宝物)、寒山寺石碑(拓本)、瞿塘峡入口、蒙古包、华清宫照片各1张。

45. 明治书院《新精选国语综合古典编》收录中国汉诗9首,其中8首包括原文(带训点、振假名、送假名)、作者简介、注释、出处,文末附有研究和语言学习要求。这8首诗按照五言绝句(4首)、七言绝句(2首)、五言律诗(1首)、七言律诗(1首)的顺序排列。第9首杜牧《江南春》在解说汉诗韵律文中,有原文(带训点、送假名)、训读文、出处。另附有朱端《寒江独钓图》1幅,华清池、阳关、西安城墙、白氏文集照片各1张,无题名照片2张,唐诗关系图1幅。本书收录日本汉诗2首,这2首诗皆为七言绝句,包括原文(带训点、振假名、送假名)、训读文、出处、作者简介。

46. 明治书院《新高中国语综合》收录中国汉诗9首,其中8首包括原文(带训点、振假名、送假名)、作者简介、注

223

释、出处,文末附有研究和语言学习要求。这8首诗按照五言绝句(4首)、七言绝句(2首)、五言律诗(1首)、七言律诗(1首)的顺序排列。第9首杜牧《江南春》在解说汉诗韵律文中,有原文(带训点、送假名)、训读文、出处。另附有朱端《寒江独钓图》1幅,华清池、阳关、西安城墙、《白氏文集》照片各1张,无题名照片2张,《唐诗关系地图》1幅。本书收录日本汉诗2首,这2首诗皆为七言绝句,包括原文(带训点、振假名、送假名)、训读文、出处、作者简介。

47. 明治书院《新精选古典B汉文编》收录中国汉诗15首,其中五言绝句2首,七言绝句4首,五言律诗1首,七言律诗2首,古体诗6首。这些诗包括原文(带训点、振假名、送假名)、作者简介、注释、出处。除了李清照《乌江》、杜牧《题乌江亭》,其他汉诗文末附有研究和语言学习要求。另附有福田半香《李白观瀑图》,横山大观《陶潜》,何家英、高云《杨贵妃之死》,秋田县立近代美术馆藏寺崎广业《长恨歌》画作各1幅。琵琶、岳阳楼、庐山、华清池照片各1张。本书收录日本汉诗3首,其中五言绝句、七言绝句、七言律诗各1首,这些诗包括原文(带训点、振假名、送假名)、注释、作者简介、出处,文末附有研究和语言学习要求。

48. 明治书院《新高中古典B》收录中国汉诗13首,其中五言绝句1首,七言绝句4首,五言律诗1首,七言律诗2首,古体诗5首。这些诗包括原文(带训点、振假名、送假名)、作者简介、注释、出处,大部分有简单的提问,文末附有研究和语言学习要求。另附有下村观山《长安一片月》、结城素明《兵车行》画作各1幅,杜甫画像1幅,琵琶、庐山、黄鹤楼、内蒙古自治区风景照片各1张。日本汉诗2首,皆为七言律诗,这2首诗包括原文(带训点、振假名、送假名)、作者简介、注释、出处,菅原道真《闻旅雁》有简单的提问,2首诗文末均附有研究和语言学习要求。另附有菅原道真画像1幅。

综上所述,日本高中教材中收录的中国古诗大多数是唐诗,部分先秦、宋代、南北朝时代的作品,只有一首是明代的诗歌。白居易、李白、杜甫在一些教材中有独立的章节(大修馆《古典B改订版汉文编》、东京书籍《精选古典B汉文编》、东京书籍《精选古典B新版》、三省堂《精选古典B改订版》、大修馆《精选古典B改订版》等)。白居易《长恨歌》后往往附有与清少纳言、紫式部相关的文章,表明白居易对日本的影响或者白诗在日本的接受情况(桐原书店《新探求古典B汉文编》等)。此外,第一学习社《高中改订版标准古典B》专门介绍了"平安时代的文学与《白氏文集》",认为白居易的诗文集《白氏文集》在贵族阶层中十分流行,该时代的文学很受《白氏文集》的影响。文英堂《古典B》附有"《源氏物语》桐壶卷与《长恨歌》""平安文学与《长恨歌》",叙述了《长恨歌》对平安文学的影响。除了白诗外,有的汉诗后面也附有该诗在日本文学家的作品中的体现情况(大修馆《新编古典B改订版》等)。

在日本汉诗中,就体裁而言,七言绝句最多;就作者而言,菅原道真和夏目漱石最多;就所选次数而言,名列前茅的是广濑淡窗《桂林庄杂咏示诸生》、夏目漱石《题自画》(唐诗读罢倚栏干)、菅茶山《冬夜读书》、正冈子规《送夏目漱石之伊予》;就年代而言,既有平安时代的,也有南北朝至室町时代前期、战国时代、江户时代、明治时代、大正时代的作品,基本上涵盖了日本的各个时代。

这些教材中收录的主要日本汉诗如下:

梅 花
菅原道真

宣风坊北新栽处　仁寿殿西内宴时
人是同人梅异树　知花独笑我多悲

九月十日
菅原道真

去年今夜侍清凉　秋思诗篇独断肠
恩赐御衣今在此　捧持每日拜余香

闻 旅 雁
菅原道真

我为迁客汝来宾　共是萧萧旅漂身
敧枕思量归去日　我知何岁汝明春

不 出 门

菅原道真

一从谪落在柴荆　万死兢兢踽踽情
都府楼才看瓦色　观音寺只听钟声
中怀好逐孤云去　外物相逢满月迎
此地虽身无捡系　何为寸步出门行

读 家 书

菅原道真

消息寂寥三月余　便风吹著一封书
西门树被人移去　北地园教客寄居
纸裹生姜称药种　竹笼昆布记斋储
不言妻子饥寒苦　为是还愁懊恼余

题野古岛僧房壁

绝海中津

绝岛一螺翠　扁舟数夜维
偶来幽隐地　似与老僧期
脱衲挂松树　煎茶烧竹枝
重游定何日　临别怅题诗

富 士 山
石川丈山

仙客来游云外巅　神龙栖老洞中渊
雪如纨素烟如柄　白扇倒悬东海天

即　事
新井白石

青山初已曙　鸟雀出林鸣
稚竹烟中上　孤花露下明
煎茶云绕榻　梳发雪垂缨
偶坐无公事　东窗待日生

冬夜读书
菅茶山

雪拥山堂树影深　檐铃不动夜沉沉
闲收乱帙思疑义　一穗青灯万古心

题不识庵击机山图
赖山阳

鞭声肃肃夜过河　晓见千兵拥大牙
遗恨十年磨一剑　流星光底逸长蛇

泊天草洋

赖山阳

云耶山耶吴耶越　水天仿佛青一发
万里泊舟天草洋　烟横篷窗日渐没
瞥见大鱼波间跳　太白当船明似月

桂林庄杂咏示诸生

广濑淡窗

休道他乡多苦辛　同袍有友自相亲
柴扉晓出霜如雪　君汲川流我拾薪

将东游题壁

月　性

男儿立志出乡关　学若无成死不还
埋骨岂惟坟墓地　人间到处有青山

火轮车中之作

成岛柳北

坐看万水又千山　百里行程转瞬间
何事往来如许急　火轮不似客身闲

风流人未死

夏目漱石

风流人未死　病里领清闲
日日山中事　朝朝见碧山

题　自　画

夏目漱石

碧落孤云尽　虚明鸟道通
迟迟驴背客　独入石门中

无　题

夏目漱石

秋风鸣万木　山雨撼高楼
病骨稜如剑　一灯青欲愁

题　自　画

夏目漱石

唐诗读罢倚栏干　午院沉沉绿意寒
借问春风何处有　石前幽竹石间兰

思　君
中野逍遥

思君我心伤　思君我容瘁
中夜坐松荫　露华多似泪
思君我心悄　思君我肠裂
昨夜涕泪流　今朝尽成血

送夏目漱石之伊予
正冈子规

去矣三千里　送君生暮寒
空中悬大岳　海末起长澜
僻地交游少　狡儿教化难
清明期再会　莫后晚花残

2020.3.20

后 记

　　日本教科书中的中国汉诗大多数是唐诗,部分先秦、魏晋南北朝、宋代、明代的作品。从所选诗人来看,李白、杜甫、白居易出现的频率最高。从选用次数来看,李白《静夜思》居首位,其次是孟浩然《春晓》,然后是王维《送元二使安西》、王翰《凉州词》、杜甫《春望》、《桃夭》(《诗经》)、白居易《长恨歌》、柳宗元《江雪》、杜甫《月夜》、杜甫《登高》、王维《鹿柴》、白居易《香炉峰下新卜山居,草堂初成,偶题东壁》、陶潜《饮酒》、王之涣《登鹳鹊楼》、杜牧《江南春》、白居易《八月十五日夜,禁中独直,对月忆元九》、李白《子夜吴歌》、杜甫《石壕吏》、《行行重行行》(文选)、杜甫《绝句》、张继《枫桥夜泊》这些诗歌的选用次数都在10次以上。从学习阶段来看,小学、初中、高中都选用的是孟浩然《春晓》、李白《静夜思》、杜甫《绝句》。小学和初中都选用的是孟浩然《春晓》、李白《静夜思》、杜甫《绝句》。小学、高中都选用的是孟浩然《春晓》、李白《静夜思》、杜甫《绝句》、苏轼《春夜》、高适《寻胡隐君》。初中和高中都选用的是孟浩然《春晓》、王维《送元二使安西》、李白《静夜思》、李白《黄鹤楼送孟浩然之广陵》、杜甫《绝句》、杜甫《春望》。因此，我们或许可以说，在这100首中国古诗中，上述这些诗歌尤为受到日本人的喜爱。

教育部人文社会科学重点研究基地首都师范大学中国诗歌研究中心主任赵敏俐教授给予本书的编纂良多指导；中国出版集团张博同志在本书的策划上做了大量工作，在此表示诚挚的谢意。

"海内存知己，天涯若比邻。"中日两国一衣带水，文化交流千古长青。愿这本书为中日文化交流添砖加瓦，为人类命运共同体建设而高歌。

编　者
2020年仲春